사랑보다도 더
사랑한다는 말이 있다면

이 문장이 당신에게 닿기를

최갑수의 사랑하는 문장들

예담

어쩌면 당신과 사라지는 속도를 맞추는 일이, 사랑

어제 한국을 떠나 싱가포르 창이공항을 거쳐 호주 멜버른에 도착했다. 영하 2도의 겨울에서 영상 32도의 여름으로 넘어왔다. 3만 피트 상공을 열다섯 시간 날았는데, 그동안 창 너머로 노을이 졌고 별이 반짝였고 구름 위로 해가 비치는 것을 보았다. 커피에서는 엷은 보리차 맛이 났다. 봄을 애타게 기다렸으나…….

떠나올 무렵 계절은 아직 일러 매화며 동백, 벚꽃 소식을 듣지 못했다. 언 땅은 단단했고 날씨와 소식은 우울했다. 눈이 내렸지만 쌓일 정도까지는 아니었다. 바람은 차가워서 거리를 걸을 때면 자주 옷깃을 여며야 했다. 두터운 커튼으로 외풍을 막고 밤마다 마른 멸치에 술을 마시던 겨울밤들.

멜버른에 도착하기 전, 작은 프로펠러 비행기 한 대가 옆을 스쳐 지나갔다. 구름을 헤치고 나아간 프로펠러의 궤적이 눈밭 위의 썰매 자국처럼 길게 남았다. 상처처럼 보이기도 해서 그 궤적이 점점 희미해지다 마침내 사라질 때까지 창문을 쓰다듬었다. 그렇게 하루에 하루씩, 하루만큼 사라져간 시간들…….

한 시인은 봄은 기다려도 오고 기다리지 않아도 온다고 썼다. 그러니까 여행을 마치고 돌아가면 봄이 먼저 와 나를 기다리고 있을 것이다. 여기는 이국 도시의 호텔방 안. 난만하게 꽃망울을 터뜨린 집 앞 동산의 꽃나무 아래에서 브람스를 들을 생각을 하며 잠을 청해보지만 잠이 오지 않는 남반구의 밤 9시 45분. 밤을 울리며 트램이 길게 지나간다. 북풍과 얼음의 계절이 다시 오기 전, 사랑에 관한 글을 써야지. 여행은 잠시 미뤄두고 사랑을 무릎 앞으로 당겨야지. 우리의 하루는 오늘도 하루만큼 지나갔고, 언제나 시차 부적응인 이 삶의 허망을 위로할 방법은 어쨌든 사랑밖에 없을 테니······.

차례

II
그리고

III
그러나

IV
그
래
도

I

그래서

네 가 없 는 곳 은 기 억 나 지 않 아

네가 없는 곳은 기억나지 않아.

- 미셸 공드리, 영화 〈이터널 선샤인〉

그날, 비행기가 이륙할 때
구름 속으로 들어갈 때
내 심장을 당신 손에
쥐어주고 왔던 거지.

.

.

.

잊지 마.

우리는 어떻게 만나 여기까지 왔을까요

그 무엇도 만남이 이루어지도록 허용하지는 않았는데, 왜냐하면 결국

서로 만나게 되는 순간, 서로 만난다는 것, 바로 이런 것들은 다른 그

무엇으로도 환원될 수 없는 것.

– 알랭 바디우, 『사랑 예찬』

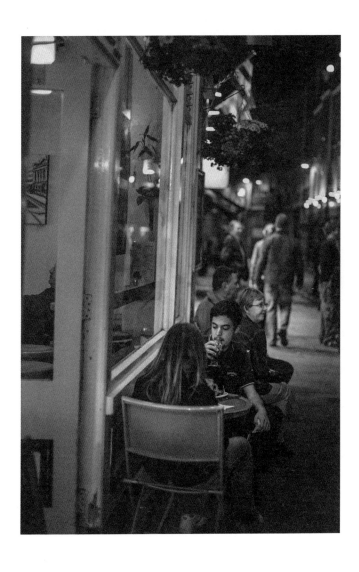

우리는 어떻게 만났을까요. 당신과 나 사이의 깊고 조용한 공
간, 어느 날 나비 한 마리가 꽃잎처럼 날아들어 작은 떨림을 만
들었는데….

당신이 읽었던 책의 페이지를 소리 내어 읽은 적이 있어요. 당
신이 앉았던 의자에 앉아 당신이 기댔던 등의 온도를 느끼려 눈
을 감은 적도 있지요. 당신이 마셨던 머그잔의 가장자리를 손끝
으로 쓰다듬은 적도 있어요. 동백나무 아래를 걸어가던 당신의
뒷모습, 세상에서 가장 아름다운 방향을 향해 구부러지던 길,
그 길을 따라 당신 발자국 위에 내 발을 조심스럽게 포갰던 날.
그게 사랑이었던 것일까. 마술처럼 바다를 덮쳐오던 노을, 그
앞에서 세상엔 설명할 수 없는 일, 설명 안 해도 되는 일이 있지
않을까 그런 생각이 들었는데… 어쩌면 그게 사랑이었던 것일
까요.

우리는 어떻게 만나 여기까지 왔을까요. 당신의 사랑과 나의 사랑이 겹쳤던 봄날의 모퉁이. 돌연한 기적. 거리를 걷다 슬그머니 잡았던 손, 전봇대 아래 민들레가 환하게 흔들리던 시간, 파도가 무너뜨렸던 협재 해변의 모래성, 우리가 나눴던 이어폰, 거기에서 흘러나오던 누자베스의 음악들, 남반구의 어느 나라에서 어깨를 기대어 바라보았던 남십자성… 우리는 어떻게 여기까지 먼 시간을 지나올 수 있었을까요. 사랑을 지나와 사랑에 당도할 수 있었던 것일까요.

사랑 앞에서 우연이라는 건 없다고 믿게 됐어요. 한 사랑을 이루기 위해 우주는 나비 한 마리의 날갯짓까지 계산한다고 믿게 됐어요. 기적 같은 필연. 내가 당신 앞에 설 수 있었던 걸 한낱 우연으로 돌리긴 싫었던 거죠. 그러니까 제가 할 수 있는 일은 최선을 다해 당신을 사랑하는 거죠.

나는 지금 당신의 사랑을 지나가는 중입니다.

어쩌면 그게 사랑이었던 것일까요.

나는 지금 당신의 사랑을 지나가는 중입니다.

나는 왜 당신을 사랑하는 걸까

춤을 추는 거야… 왜 춤추느냐 하는 건 생각해선 안 돼.

의미 같은 것도 생각해선 안 돼. 의미 같은 건 애당초 없는 거요.

그런 걸 생각하기 시작하면 발이 멎어.

- 무라카미 하루키, 『댄스 댄스 댄스』

봄이 왔습니다. 오지 않을 것만 같았는데 그래도 왔네요. 지난 겨울은 유난히 혹독했습니다. 유래 없는 한파가 몰아쳤죠. 체감 온도가 영하 20도까지 내려가는 날도 있었습니다. 그때 전 노르웨이의 노르드캅이라는 곳에 있었습니다. 일반인이 갈 수 있는 곳 중에서 북극에 가장 가까운 곳입니다. 북극점에서 고작 이천 킬로미터밖에 떨어져 있지 않습니다. 제가 그곳에 간 날, 기온은 영하 34도였습니다. 사진을 찍으려 했지만 카메라가 얼어서 작동되지 않을 정도였습니다.

노르드캅에서 사흘을 보냈습니다. 해는 오전 열 시에 떠서 오후 두 시면 졌습니다. 캄캄했죠. 바람 소리가 거셌습니다. 대책 없는 어둠과 시간 앞에서 제가 할 수 있는 일은 음악을 듣거나 한국에서 가지고 온 책을 읽거나 대구포를 뜯으며 보드카를 마시는 일이 전부였습니다. 침대에 파묻혀 무라카미 하루키의 『댄스 댄스 댄스』를 읽다 이런 구절이 나오길래 책을 덮고 잠시 창밖을 바라보았습니다. 빙하가 서서히 흘러가고 있는 어두운 창밖.

"춤을 추는 거야… 왜 춤추느냐 하는 건 생각해선 안 돼. 의미 같은 것도 생각해선 안 돼. 의미 같은 건 애당초 없는 거요. 그런 걸 생각하기 시작하면 발이 멎어."

때로는 생각이 우리 삶을 막아섭니다. 왜 사느냐는 물음이 우리 소매를 꽉 쥐고는 고개를 절레절레 흔들곤 하죠. '이건 아니야. 다시 생각해봐.' 사랑 역시 마찬가지더군요. '나는 왜 당신을 사랑하는 거지?'라는 물음 앞에서는 언제나 걸음이 멎곤 합니다. 되돌아보면 언제나 허탈하고 허무하고 허탈한 사랑. 지나간 사랑을 생각하면 어두운 방구석에 나무 상자를 하나 두고 그 속에 들어가 몇 시간이고 쭈그리고 앉아 있고 싶어집니다.

여행이든, 삶이든 그리고 사랑이든, 끊임없이 뭔가가 닥치고 그걸 해결하는 일이라는 생각이 들어요. 그러다 보면 일주일이 가고 한 달이 가고 일 년이 가고 십 년이 가는 거죠. 그러다 보면 계속 사랑하는 거죠. 우리 뜻대로 되는 건 하나도 없으니까 의미 같은 건 생각하지 맙시다. 나중에 되돌아보며 뭔가 그럴싸한 거 하나 붙여주면 되는 거 아닐까요. 지금은 그냥 사랑하는 일에 집중합시다. 맛있는 굴을 먹으며 와인을 마시듯, 의미 같은 건 부여하지 말구요.

여기는 노르드캅입니다. 내일 아침 북극을 향해 출발할 예정입니다. 단지 거기에 있다는 것만으로도 가기 위한 훌륭한 이유가 되기도 하죠. 사랑도 그럴 겁니다.

뭐랄까요, 세상엔 설명할 수 없는 일, 설명 안 해도 되는 일이 있지

않을까, 그런 생각이 드는군요.

- 온다 리쿠, 『달의 뒷면』

여기는 사막.

선명한 사랑의 장소입니다

낙타를 타고 하루 종일 사막을 돌아다녔습니다. 모래 언덕 뒤편에서 가젤이 홀연히 나타나 이방인을 물끄러미 바라보곤 했습니다. 그림자는 짧아졌다가 다시 길어졌습니다. 가끔 모래바람이 일기도 했는데, 그럴 때마다 우리는 재빨리 사구 아래로 피했습니다. 어두워지자 초승달이 떴구요. 낙타들은 달을 바라보고 무릎을 구부렸습니다.

달 아래 오래 앉아 있었습니다. 떠나온 지 벌써 열흘. 당신 생각만 오롯이 해보고 싶었던 거죠. 국화차를 나눠 마시던 어느 해 가을이며, 손을 잡고 걷던 홋카이도의 자작나무 숲이며, 어깨를 부딪히며 걷던 오사카의 덴마 시장. 아참. 제주의 가을 사려니 숲길은 또 얼마나 다정했던지. 후드득 날아가는 산비둘기 소리에 놀라 당신의 발뒤꿈치가 높이 뛰어오르기도 했지요. 그리고 우리가 나란히 앉아 바라보았던, 우리가 죽어서 닿고 싶었던 별자리… 그 별자리를 오늘 더듬기도 했답니다. 이 시간이 아니었다면 그 시간을 어떻게 기억할 수 있었을까요.

밤은 어디론가 깊어가고 있구요.
여기는 사막, 선명한 사랑의 장소입니다.

사
랑
을

지
나

사
랑
에
게
로

우주 속의 별

지구 속의

파리

파리의 몽수리 공원에서

겨울 햇빛 속 어느 아침

네가 내게 입 맞춘

내가 네게 입 맞춘

그 영원의 한 순간을

다 말하려면

모자라리라

수백만 년 또 수백만 년도

- 자크 프레베르, 「공원」

봄이 온 모양
파블로 카잘스의 〈새의 노래〉를 듣고 또 들었으니

마루에 누웠다
햇볕이 눈꺼풀 위에서 어룽댔다
내 옆에 노래처럼 누운 당신
어느새 잠든 당신의 손바닥
그 위에 올려둔 연보랏빛 구름
농밀한 꽃
따뜻한 조약돌

사랑, 하고 발음해본 오후 세 시
목을 진동시키는 가벼운 떨림 같은
구름을 닮은 뭉클거림 같은
청량한 공기 같은
자작나무 숲의 아득함 같은
모슬린 옷의 설렘 같은
그리고 가벼운 눈물 같은……

당신은 내가 처음 당도한 곳
아직도 내가 가보지 못한 곳
당신은 내 생에 대한 작심
내가 가장 사랑하는 장소
내 생의 오래된 책갈피
내가 겪은 일들의 전부

오늘은 당신 옆에 누운 봄날 오후
우리는 사랑을 지나 사랑으로 가고 있다네

사랑, 하고 발음해본 오후 세 시

당신은 내가 처음 당도한 곳

내가 가장 사랑하는 장소

오직 감행하는 자에게만 일어난다는 것

앙투안 : 우리 너무 멀리 온 거 아닐까요?

안나 : 뭐가요?

앙투안 : 모든 게 다.

- 클로드 를르슈, 영화 〈사랑이 이끄는 대로〉

어제는 클로드 를르슈 감독의 영화 〈사랑이 이끄는 대로〉를 보았습니다. 텅 빈 극장에서 혼자였죠. 사랑과 여행, 우연에 대해 유머러스하면서도 사랑스럽게 그린 영화였습니다.

배경이 인도인데 제가 여행했던 케랄라라는 곳이 배경으로 나와 반가웠습니다. 클로드 를르슈 감독은 75세가 되었을 때, 인도를 처음 여행하고 모든 것이 달라졌다고 하더군요. 저 역시 인도 여행을 아껴둔 적이 있었습니다. 가장 늦게 방문하고 싶은 나라였죠. 인도를 얼마나 포용하고 이해할 수 있을까 하는 두려움이 있었기 때문이랍니다. 하지만 아쉽게도 벌써 세 번이나 여행해버렸어요. 기회가 된다면 나이가 들어 인생에 대해 통찰을 더 가진 다음, 인도를 다시 여행하고 싶습니다.

이 영화의 줄거리는 간단합니다. 영화 음악가인 앙투안이 인도에서 다소 엉뚱한 구석이 있는 안나를 만나 함께 여행을 떠나고 사랑에 빠진다는 내용입니다. 꿈과 현실이 교차하면서 이야기가 전개되는데, 영화 후반부, 안나는 남편 사무엘에게 이렇게 말하고 헤어집니다.

"어제 있었던 일만 이야기할게요. 아무도 안 궁금한 게 궁금했던 적 있나요? 저울 무게를 아나요? 부메랑이 언제, 왜 돌아오는지를, 왜 빛의 속도만 재고 어둠은 안 재죠? 전선이 없던 시절 참새가 어디 앉았는지 알아요? 당신은 아냐고요? 이런 질문이 점점 좋아져요. 게다가 너무 중요해요. 살면서 물어봐야 해요. 다른 건 다 지루하니까 다른 건 다 무의미해요. 삶은 지루하니까."

그러니까 여행은… 사소한 것을 발견하는 행위. 우리가 몰랐던 것을 새롭게 알게 되는 기회죠. 그리고 사랑은… 사소한 것에서 시작하고 작은 것에 깃드는 법이죠.

영화를 보고 한동안 자리에서 일어나지 못했습니다. 제가 지금까지 해왔던 모든 여행과 모든 사랑이 113분의 이 영화 속에 다 담겨 있더군요. 결론은 이겁니다. 영화와 사랑은, 오직 감행하는 자에게만 일어난다는 것. 그리고 각자에겐 각자의 여행과 사랑이 있다는 것. 저는 지금 홍콩으로 향하는 케세이퍼시픽 411편 31G 좌석에 앉아 이 글을 쓰고 있습니다. 이 글을 읽는 모든 분들께 여행과 사랑을 빕니다.

사랑은…

사소한 것에서 시작하고 작은 것에 깃드는 법

음악과 사랑이 아니었다면

영원히 살 수 없으니까 사랑을 하는 거다

- 허연, 「신전에 날이 저문다」 중에서

사랑한다고 느껴지는 순간이 있습니다. 달군 프라이팬에 올리
브유를 뿌리고 함께 파스타를 만드는 순간, 자전거를 타고 지나
가는데 벚꽃잎이 떨어지는 봄, 나도 모르게 당신 집으로 향하는
발걸음을 눈치챘을 때, 퇴근길 편의점에서 당신이 좋아하는 음
료를 고를 때, 먼먼 여행지에서 시차 때문에 잠이 오지 않는 밤
당신이 살고 있는 곳의 시간에 시계를 맞출 때…

그리고 어제 당신 손을 잡고 걷던 오사카 지나이마치의 오전 열시도 그랬어요. 어느 카페에서 비지스가 흘러나왔는데 그 순간 당신과 함께 이 음악을 들을 수 있어 좋다고 생각했죠. 당신도 분명 그렇게 생각하고 있다는 걸 알 수 있었어요. 어쩌면 하나의 음악을 완전히 이해하는 것과 한 사람을 완벽하게 사랑하는 건 같은 일이 아닐까요. 그나저나 이번 인생은 당신 손을 잡고 걸을 수 있어 참 다행입니다. 음악과 사랑이 아니었다면 우리는 이 어두운 세계를 어떻게 무사히 지나갈 수 있을까요.

사랑하여 비로소 완성되는 것

"정말 아름다운 곡이에요."

"사랑하고 있을 때, 만들었거든."

- 파올로 소렌티노, 영화 〈유스〉

가끔 사람들이 물어와요. "어떻게 하면 사진을 잘 찍을 수 있나요?" "웃는 모습이 너무 자연스럽고 아름다워요." "저도 이렇게 투명한 눈동자를 찍고 싶어요." 그럴 때면 이렇게 대답합니다. "찍을 때 마음속으로 '사랑해' 하고 속삭여보세요. 국수도 예쁘게 찍을 수 있을 테니까요."

글을 쓰면서, 사진을 찍으면서, 음악을 들으면서, 그림을 그리면서, 모든 작품에는 마음이 담긴다는 것을 알게 됐어요. 담지 않으려고 해도 저절로 담기는 게 마음이더군요. 어느 날, 김환기의 그림 〈어디서 무엇이 되어 다시 만나랴〉 앞에 섰는데, 사랑하는 사람을 떠올리며 점 하나하나를 찍어갔다는 그의 말이 이해가 되더라구요. 그는 더는 보지 못할 사람을 그리며 하나의 점을, 그와 이야기 나누던 서울의 어느 방을 그리며 두 번째 점을, 함께 보았던 하늘을 그리며 세 번째 점을 찍었다고 합니다. 저 역시 누군가를 열렬하게 사랑하던 때가 있었고 그때 시를 썼답니다. 바다가 보이는 자취방에서 수동 타자기를 꾹꾹 눌러 한 글자 한 글자 시를 썼었죠.

요즘도 사진을 찍을 때는 말이에요, 사랑하려고 한답니다. 꽃을, 하늘을, 노을을, 창가에서 새어나오는 불빛을, 자전거를 타고 지나가는 아이를, 들에서 일하는 농부를 사랑하려 한답니다. 셔터를 누를 때마다 '사랑해' 하고 속삭이곤 하죠. 잘 찍기 전에, 잘 쓰기 전에, 잘 그리기 전에, 사랑하는 게 우선이에요. 암요, 그렇구 말구요. 그러니까 일단 사랑부터 하자구요.

단 순 한 열 정

작년 9월 이후로 나는 한 남자를 기다리는 일, 그 사람이

전화를 걸어주거나 내 집에 와주기를 바라는 일 외에는

아무것도 할 수 없었다.

— 아니 에르노, 『단순한 열정』

오랜만에 비틀스를 듣고 있다. 차이콥스키를 들었다가 빌리 홀리데이를 들었다가 베를린 필하모닉을 들었다가 콜드플레이를 들었다가, 결국 다시 비틀스다. 살아갈수록 비틀스가 점점 더 좋아지고 있는데 딱히 이유를 설명하지는 못하겠다. 그냥 좋아지는 것뿐이다. 예스터데이며 헤이 주드, 렛 잇 비… 젊을 때는 수없이 들어도 밍밍하기만 하던 노래들이 지금은 이토록 따스하고 깊은 울림으로 귓전을 파고든다. 이 노래를 만들 때와 부를 때의 마음을 어렴풋하게나마 알아들을 수 있을 것 같다. 세월이 가면서 잃어버리는 것도 많지만, 얻고 깨닫게 되는 것도 있다. 좋았던 것이 싫어지고, 싫었던 것이 언제 그랬냐는 듯 좋아지기도 한다. 그전과는 약간 다른 세계에 서 있다.

사랑도 마찬가지다. 예전엔 우연히 스친 한 여자를 잊지 못해 밤새 그녀를 찾아 헤매는 것이 사랑이라 여겼는데, 지금은 누가 뭐라 하건 사랑은 그냥 사랑인 것 같다. 미지근한 것도 사랑이고, 차가운 것도 사랑이다. 필요 이상으로 의미를 부여할 건 아니다. 생각해본다고 알게 되는 것도 아니다. 밤의 창가에 앉아 비틀스나 빌리 홀리데이를 들으며 위스키를 마시는 일. 떨어지는 유성을 바라보며 결국 모든 것은 다 지나가고 말 것이라고 생각하는 일. 사랑은 어쩌면 그런 것이다. 우리 몸을 지나갈 것은 이미 다 지나가버렸다. 원하던 것을 가졌고, 가지지 못한 것들은 포기했다. 그리고 남은 것이, 희미한 재 같은 것이 바로 사랑이다. 그런 의미에서 나이를 먹는 것도 그리 나쁜 일은 아니다.

우리 뜻대로 되는 건 하나도 없으니까
의미 같은 건 생각하지 맙시다.
지금은 그냥 사랑하는 일에 집중합시다.
단지 거기에 있다는 것만으로도
가기 위한 훌륭한 이유가 되기도 하죠.
사랑도 그럴 겁니다.

사
랑,
사
랑,
사
랑 …

굽이굽이 깊은 사랑,

시냇가 수양같이 척 처지고 늘어진 사랑,

화우동산 목단화 같이 펑퍼지고 고운 사랑,

포도 다래같이 휘휘친친 감긴 사랑,

연평바다 그물같이 얽히고 맺힌 사랑아,

은하직녀 직금같이 올올이 이룬 사랑.

청루미녀 침금같이 혼솔마다 감친 사랑,

은장 옥장 장식같이 모모이 잠긴 사랑,

남창 북창같이 다물다물 쌓인 사랑 네가 모두 사랑이로구나.

어화둥둥 내 사랑아!

어화 내 간간 내 사랑이로구나!

- 춘향전, 〈사랑가〉 중에서

사랑이 있나, 있기나 한 것인가.
우리가 지금 하고 있는 사랑은 과연 사랑일까.
했던 사랑은 사랑이었나.
사랑했던 적이 있기나 한가.

사랑이 있나, 어쩌면 사랑이라는 말이 있을 뿐이겠지.

여름 한낮
참나리꽃은 섭섭한 일이 많다는 표정으로 서 있고
집으로 돌아가는 길,
어쩌면 아직 사랑이란 걸 못해봤을 수도.
그랬을 수도.

낮술에 눈부셔 걸음은 잠시 휘청댄다.

당신 자신을 사랑하세요

우리는 서로를 사랑하지만, 자기 자신을 좀 더 사랑한다.

- 레이먼드 카버, 『내가 필요하면 전화해』

간단합니다. 당신 자신을 사랑하세요. 스스로에게 헌신하세요.
당신이 좋아하는 음식을 먹고 당신이 좋아하는 화가의 그림 앞
에 오래 서 있으세요. 당신이 입고 싶은 옷을 사고 당신이 원하
는 곳으로 여행을 떠나세요. 그러니까 당신의 삶을 온전히 사는
거죠. 사랑을 위해 당신을 포기하지 마세요. 저도 그럴게요. 왜냐
하면 우리는 절대로 예전의 자신으로 되돌아갈 수 없으니까요.
스스로의 삶을 살다 보면 우리는 훨씬 더 새롭고 멋진 사람이 될
거예요. 우리의 이마는 긍정으로 빛나고 눈은 다정함으로 넘칠
거예요. 스스로를 사랑할수록 우리는 점점 더 서로에게 빠져들
거예요. 그럴 거예요. 그러니까 당신 자신을 더 사랑하세요.

낭비하지 않고 어떻게 사랑할 수 있단 말인가

지금은 조금 더 먼 곳을 생각하자

런던의 우산

퀘벡의 눈사람 아이슬란드의 털모자

너무 쓸쓸하다면,

봄베이의 담요

몬테비데오 어부의 가슴장화

- 김소연, 「다행한 일들」 중에서

낭비.
예전엔 이 말이 참 싫었다.
그중에도 시간 낭비.
누군가를 기다리는 시간을 못 참았다.
늦게 도착한 이들에겐 언제나 화를 냈다.

살다 보니 낭비…
그게 바로 인생의 즐거움이더군.
그중에 가장 큰 즐거움이 시간을 물 쓰듯 펑펑 쓰는 것이더군.
노을을 헤쳐가는 새들.
빙하에서 미끄럼을 타는 펭귄들.
해변에서 마냥 졸고 있는 바다사자들.
진정으로 인생을 즐기고 있더군.

헤어지고 버리고 떠나고 다시 만나고
때로는 서로를 놓치고…

내 인생의 가장 큰 낭비는 당신,
여행 그리고 음악.
곧 사라지고 말 것들.
낭비하지 않고 어떻게 그것들을 기억할 수 있을까.
당신을 기다리는 데 사용했던 유용한 시간들.

당신을 기다리는 동안
내 그림자와 함께 낭비했던 시간들이여.
낭비하지 않고 어떻게 사랑할 수 있단 말인가.

내 인생의 가장 큰 낭비는 당신,

여행 그리고 음악.

II

그

리

고

열이 나고, 떨리고, 한없이 고요해지고

하지만 쿄이치는 달라요. 몇 번을 만나도 싫증이 나지 않고, 얼굴을

보면 손에 든 소프트아이스크림을 발라주고 싶을 정도로, 좋아요.

- 요시모토 바나나, 『티티새』

전철에서 이어폰을 끼고 음악을 듣다가 내려야 할 정거장을 지나쳤다. 무려 열한 정거장.

불시착한 역에서 내려 귀에서 이어폰을 빼냈을 때 F15 전투기 조종석에 홀로 남겨진 듯한 기분이 들었다. '자, 이걸 몰고 집으로 돌아가야 한단 말이지.' 그런데, 다시 돌아가는 전철에서도 그만 세 정거장이나 지나쳐버렸다. '여긴 또 어딘 거지?'

결국 약속 시간에는 45분이나 늦고 말았다. 상대방은 "괜찮아요. 그럴 수도 있죠" 하며 미소를 지었지만 대화 내내 화가 난 것이 느껴졌다.

미팅을 끝내고 돌아오는 길, 우리는 왜 이리도 곤혹스러운 사회에 살고 있을까, 하며 머리를 긁적였지만, 이어폰을 귀에 밀어넣자마자 '그렇지, 톱니바퀴처럼 착착 맞물려 돌아간다면 제대로 된 삶이 아니지' 하는 생각도 들었다.

어긋나고 뒤틀리고 누군가 갑자기 나타나 심술을 부리고… 그게 인생이지, 에휴. 호주 음악가 'Falqo'의 〈Across The Sea〉를 들으며 걸어가는 돌담길. 음악 덕분에 그럭저럭 생을 견뎌볼 만한 봄날.

당신과 처음 만났던 날도 그랬던 것 같다.
운명이라는 전철은 정거장을 열한 곳이나 지나쳐
당신 앞에 데려다놓았다.
출구를 빠져나왔을 때 당신이 서 있었고,
그 환한 햇살에 눈부셔 하며 어리둥절했던 시간.
그 시간 이후 우리는 참 많은 시간을 지나왔다.

사랑이 처음 시작되던 그 시간을 떠올리며
프리지아 꽃 한 다발을 손에 든 봄날 오후.
때로는 오늘처럼 내려야 할 정거장을 아득하게 지나치는 것도
아름다운 일이구나.

꽃들은 자기가 피어날 줄 알았을까

세계는 열광 안에서만 잉태된다.

그 밖의 것은 모두 망상이다.

- 에밀 시오랑

세계는 봄으로 꽉 차가고 있다. 꽃들은 저마다의 완급으로 햇빛과 공기를 빨아들이고 저마다의 자리를 찾아 꽃을 피운다. 꽃이 핀 공간과 피지 않은 공간으로 나뉘는 봄. 지난해 봄 이맘때에는, 도쿄 다이칸야마 골목을 걷다가 테노하 매장 근처에서 길고 느리게 뻗은 벚꽃 가지 하나가 온 힘을 다해 꽃을 밀어내고 있는 것을 보았다. 보며 오래도록 서 있었다. 밑동부터 가지 끝까지, 떠오르는 얼굴 하나가 있었기 때문이다. 꽃들은 자기가 피어날 줄 알았을까. 자기가 꽃으로 피어날 줄은 알았을까 하고 중얼거렸던 날.

오늘은 군산을 걸었다. 이성당에서 월명동 초원사진관까지. 이성당은 북새통이었다. 겨우겨우 산 단팥빵을 반으로 잘라 당신에게 건네며 말했다. 내가 당신과 같이 살게 될 줄 어떻게 알았을까. 월명동 골목의 모퉁이는 낮았고 담벼락에는 향나무가 많았다. 팥처럼 달짝지근한 봄 공기. 당신 옷자락을 스칠 때마다 슬며시 간지러웠던 팔꿈치. 사랑하지 않았다면 이 세계는 어땠을까. 사랑해본 경험이 없는 사람이 사랑을 상상하는 것은 불가능하다. 모르는 건 끝까지 모른다. 이번에는 사라다빵을 반으로 잘랐다. 샐러드빵이 아니라 사라다빵이었다. 달큼했다.

세계는 조금씩 변하고 있다. 한 시간에 한 시간만큼, 하루에 하루만큼. 그리고 나는 당신 쪽으로 더 가까이 가고 있다. 그림자가 길어지듯 당신에게 겹쳐가고 있다. 내일은 어떨까. 사라다빵을 오물거리며 당신이 물었을 때 나는 대답했다. 속으로. 하루만큼 당신에게 더 가까이 가 있겠지. 내일은 오늘보다 더 봄이렸다.

세계는 조금씩 변하고 있다.
한 시간에 한 시간만큼, 하루에 하루만큼.
그리고 하루만큼
당신에게 더 가까이 가 있겠지.

좋
아
해

"좋아해."

- 이시카와 히로시, 영화 〈좋아해〉

예쁜 화분이나 빗, 컵을 보면
예전엔 꼭 하나씩 샀다.
방에 두고, 서랍에 넣어두곤 했다.

얼마 전까진 두 개씩 샀다.
당신 하나 주려고 그랬다.
얼마나 예쁘던지, 하며 당신에게 건넸던
일본 에히메에서 사온 손수건.

지금은 다시 하나씩만 산다.
당신이 가지고 있는 것만으로도
그걸로도 충분하다 여겨서.

오늘도 기쁨이라면 그것뿐이라며
비닐로 꽁꽁 감아온 고양이 머그잔.

수국이 왕창 피었으니 곧 장마겠다.
마루에 팔베개를 하고 누워 슬그머니 미소 짓는 오후.

내일은 당신과 함께 쓸 우산을 골라봐야겠다.
하나면 되겠다.

약간의 각오와 약간의 여유, 그리고

약간의 각오와 약간의 여유로 인생은 너무나도 즐겁다.

- 니혼바시 요코, 『플라스틱 해체학교』

여행을 떠날 때면 언제나 가지고 다니는 물건이 비알레띠 모카 포트입니다. 가정에서 에스프레소를 뽑는 도구인데 작고 가벼 워 휴대하기에도 부담이 없죠. 1933년 이탈리아에서 처음 만들 어진 이 아름다운 물건은 지금까지 그 모양이 거의 변하지 않았 습니다.

직업이 여행작가이다 보니 새벽에 문을 나서는 경우가 많습니 다. 현지 취재지에서의 촬영은 대부분 해 뜨기 전에 시작되죠. 아침에 에스프레소 더블샷을 꼭 마셔야 정신이 드는 습관을 가 진 탓에 휴대용 버너와 모카포트는 언제나 배낭 속에 들어 있답 니다. 커피는 케냐 AA. 새벽 다섯 시에 에스프레소 더블샷을 내 려주는 바bar나 카페가 있다면 좋으련만, 불행하게도 아직까지 한국에서는 그런 가게를 만나지 못했습니다.

대충 정리해보자면 이렇습니다. 새벽 다섯 시 해 뜨기 전 바닷가. 차를 세우고 트렁크를 열고 휴대용 버너를 켭니다. 그 위에 갈아둔 커피가 가득 담긴 모카포트를 조심스럽게 올리죠. 커피를 끓이는 동안 삼각대를 세우고 카메라를 세팅합니다. 얼마의 시간이 지나고 커피가 쉿, 쉿 소리를 내며 올라오고 순식간에 트렁크는 진한 커피 향으로 가득 찹니다. 모카포트를 조심스럽게 들고 티타늄 컵에 따라 커피를 음미하는 여행작가. 종합하자면, 뭐랄까, 조금은 멋진 풍경이죠. (쑥스럽지만. ^^;)

미국의 소설가 리처드 브라우티건은 "때로 인생이란 커피 한 잔이 안겨주는 따스함의 문제"라고 했는데, 여행지에서 커피를 마실 때마다 이 문장을 떠올리며 고개를 끄덕인답니다. 해 뜨는 새벽 바다에서 비알레띠 모카포트로 커피를 내리고 있노라면 늙어가는 것이 별로 무섭지 않아요. 나이 탓일까. '이런 게 진짜 커피 맛이지' 하는 생각도 든답니다. 고작 서른 살짜리 남자가 이 맛을 어떻게 알겠어.

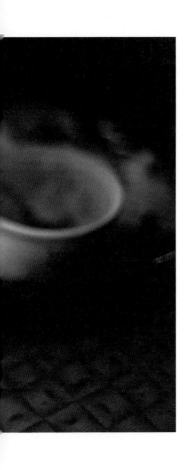

어쨌든 세상은 점점 편리한 방향으로 나아가고 있습니다. 워크맨과 플로피디스크는 사라졌고 이제는 CD 플레이어와 아이팟도 구시대 유물이죠. 그래도 불에 그을린 모카포트를 물끄러미 바라보고 있자면 이 물건은 이 모습 이대로 남아 있다면 좋겠다고 생각합니다. 그다지 불편하지도 않은데다 아직까지 커피를 이토록 맛있게 뽑아주는 아름다운 주전자는 만나지 못했으니까요. 이런, 사랑에 관해 쓰려다가 모카포트 이야기만 주절주절 늘어놓았네요. 그러니까, 오늘 제가 하고 싶은 말은, 음, 당신도 그렇다는 겁니다.

나는 당신을 몰라요

내가 당신을 얼마나 오랫동안 사랑했는지 누가 알겠어요

내가 아직도 당신을 사랑한다는 걸 아나요

당신이 원한다면 외롭게 기다리겠어요

그러겠어요

Who knows how long I've loved you

Do you know I love you still

Will I wait a lonely lifetime If you want me to

I will

- 비틀스, 〈I will〉

솔직히 말해, 나는 당신을 몰라요. 당신이 좋아하는 음식과 당신이 좋아하는 그림과 당신이 좋아하는 날씨를 알지만 나는 당신을 몰라요. 아직 몰라요. 당신을 알기 위해 당신이 좋아하는 꽃과 나무와 강의 이름을 알려고 하지만 나는 아직 당신을 몰라요. 그래도 나는 당신을 사랑하죠. 어쩌면 당신을 오해해서, 당신을 오역해서, 나는 당신을 사랑하는 건지도 모르죠.

나는 당신을 몰라요. 하지만 오늘도 나는 당신을 알려고 노력하고 있어요. 당신이 바라보는 방향을 보고 당신의 속도에 맞춰 걷죠. 나는 당신의 젓가락질 습관을 알고 있어요. 당신이 뭔가를 생각할 때 고개가 얼마나 기우는지도 알고 있구요. 좋아하는 음악이 나올 때 발끝을 까딱거리는 것도, 모두가 잠든 밤 흑백영화를 혼자 보는 걸 좋아한다는 것도 알고 있어요. 당신을 사랑하지 않는다면 내가 어떻게 이런 것까지 알 수 있을까요.

나는 당신을 알기 위해 노력할 거예요. 그게 사랑이니까요. 영원히 닿지 못할 수도 있지만 한 사랑을 향해 다가가고 있는 오늘. 조금씩 조금씩. 가질 순 없지만 다가갈 순 있잖아요. 그래도 되는 거잖아요. 사랑은.

어쩌면 당신을 오해해서,
당신을 오역해서, 나는 당신을 사랑하는 건지도 모르죠.

나는 당신을 알기 위해 노력할 거예요. 그게 사랑이니까요.

당신과의 사랑조차 없었다면

사람을 사랑하는 날에는

길을 걷다 멈출 때가 많고

저는 한 번 잃었던

길의 걸음을 기억해서

다음에도 길을 잃는 버릇이 있습니다.

- 박준, 「눈을 감고」 중에서

여행을 떠나기 전, 우리는 여행에 대해 많은 기대를 한다. 여행을 마치고 나면 자신이 몰랐던 새로운 모습을 찾을 수 있을 것 같기도 하고 뭔가 다른 삶을 발견할 수 있을 것도 같다. 장엄한 풍경을 만나 그 앞에서 엄청난 깨달음을 얻을 수 있으리라는 기대를 하기도 한다. 하지만 하루가 지나고 이틀이 지나고 일주일이 지나고 한 달이 지나면 바뀌는 건 하나도 없다는 걸 깨닫게 된다. 그 아무리 어마어마한 풍경이라도 20분 이상 가슴을 뛰게 하는 건 없다. 20분만 지나면 다 거기서 거기다. 이과수 폭포의 굉음도 시간이 지나면 소음일 뿐이다. 이집트 피라미드의 불가사의도 상인들의 집요한 호객행위 앞에서는 짜증만 더할 뿐이다. 어디 조용한 카페로 가 커피나 한잔 마시고 싶다는 생각만 간절해진다. 아마도 여행에서 얻을 수 있는 가장 유용한 깨달음이 있다면 그것이 아닐까. 우리 삶은 그다지 특별하지 않으며 어느 한순간 핸들을 틀어 90도로 방향을 바꿀 수 없다는 사실을 알게 되는 것.

가끔 뜨거운 태양이 내리쬐는 길 위에서, 차가운 바람이 새어드는 여관에서, 이 여행을 마치면 내가 원하는 삶을 살 수 있지 않을까 의심하고, 창밖을 바라보며 저곳에는 이곳과는 다른 삶이 있지 않을까 생각도 해보지만 역시 고개를 흔들 뿐이다. 삶이란 원래 그런 것이니까. 어쩔 수 없는 것이니까. 그러니까 지금 잠들어 있는 당신 앞에서, 당신과의 사랑조차 없었다면 내 생의 풍경은 얼마나 미미했을까.

당신이 깨지 않도록, 당신의 오래된 손등을 쓰다듬어보는 여행지의 어느 밤. 당신이 아니었다면 내 생은 나도 모르게 지나갈 뻔하지 않았겠는가.

썸머 덕분에 말이야, 마치 어떤 일이든 가능할 것 같은 기분이 드는

게 좋아. 뭐랄까 인생이 가치 있는 거라는 생각 말이야.

- 마크 웹, 영화 〈500일의 썸머〉

당신을 사랑한 그 이후의 날들

사막에서 하룻밤을 지새운 적이 있다. 밤새 내 이마 위를 빙글빙글 돌던 수많은 별자리들. 하루 종일 수평선을 보며 항해한 적도 있다. 내가 탄 배를 따라오던 돌고래들의 매끈한 지느러미를 잊지 못한다. 터키에서는 끝없이 이어지는 지평선을 따라 달렸다. 도로 양옆으로 벚나무가 활짝 피어 이국의 사병들처럼 도열해 있던 봄날, 그 도로를 따라 열두 시간을 달리던 비현실적이던 현실. 여행은 우리가 경험해야 할 삶의 신비가 수없이 많이 있음을 이야기해준다.

우리가 몰랐던 신비가 왜 이것뿐일까. 새들의 날갯짓을 지그시 누르는 먼 들판의 종소리며 빗속에서 너울거리는 오동나무의 잎, 끝없이 동심원을 그리며 퍼져나가는 연못의 일렁임은 또 어떤가. 이 메마른 도시에도 저녁은 어김없이 와서 하나둘 등불을 꽃처럼 피운다. 빌딩의 모난 모서리도 둥글어진다. 장마철이어서 당신에게로 달려가는 길, 수국이 정말 세상을 덮을 듯이 피었다. 축복처럼 피었다. 신비, 신비, 신비.

우리가 사랑을 하면 왜 웃음을 머금을 수밖에 없는지 어렴풋하게나마 알 것도 같다. 사막을 밝히는 별자리나, 수평선을 튕기는 돌고래의 지느러미나 칠월의 빗방울을 다 받아내는 연잎. 내가 사랑하는 당신 그리고 당신을 사랑한 그 이후의 날들이여. 신비가 아니면 도대체 뭐란 말인가.

보
고

싶
다

달빛이 슬쩍

휘파람새가 슬쩍

날이 밝도다

- 고바야시 잇사의 하이쿠

보고 싶다.

키토의 새벽 거리를 걸으며 이렇게 중얼거렸다. 안데스 산맥을 넘어온 바람이 스페인 식민지 시대에 만들어진 거리 사이로 불어왔다. 골목 끝에서는 비둘기가 날았다.

서울에서 비행기로 스무 시간이 떨어진 이곳.
당신과 나 사이 열네 시간의 시차.
성 프란치스코 성당에서 종소리가 울려퍼졌다.
아침이 시작되려 하고 있었다.

광장 계단에 앉아 당신 손을 이끌고 꼭 가야 할 곳을 수첩에 적어보았다. 페루 마추픽추, 터키 카파도키아, 노르웨이 노르드캅, 브라질 이과수… 그리고 봄날의 교토.

호텔에서 잠을 뒤척일 때마다 당신과 함께 오지 못한 것을 후회하던 새벽. 더듬더듬 엽서를 쓸 때마다 다음엔 꼭 같이 가겠다고 약속했던 낯선 도시의 우체국들.

여행을 떠나 보면 안다.
그리움이라는 단어가 때로는 사랑이라는 말보다 더 아름답고 선명하다는 것을.

성 프란치스코 성당의 계단 앞에 앉은 나의 마음이 종소리처럼 멀리멀리 퍼져나가 당신에게 닿기를.
부디 닿기를.

어쩌면 우리는 그리워하기 위해 사랑하는 것이 아닐는지.

그리움이라는 단어가
때로는 사랑이라는 말보다
더 아름답고 선명하다.
어쩌면 우리는 그리워하기 위해
사랑하는 것이 아닐는지.

당신이 그립지 않은 곳은

어디에도 없었다

내가 말하고 싶은 건 나는 이제 곧 스무 살이 되고, 나와 기

즈키가 열여섯 살과 열일곱 살 나이에 공유했던 것 중 어떤

것은 이미 소멸되어버렸기 때문에, 그건 아무리 한탄해도

두 번 다시 돌아오지 않는다는 거야.

- 무라카미 하루키,『상실의 시대』

오늘은 부르즈 할리파에 갔습니다. 세계 최고층 빌딩. 높이가 무려 828미터에 이릅니다. 꼭대기 전망대에 섰는데, 발아래 빌딩들이 까마득하게 내려다보이더군요. 잠시 현기증이 일었습니다.

전망대에서 내려와서는 예술가들과 갤러리가 모여 있는 알 세르칼 거리를 돌아보았습니다. 어느 아랍 화가가 그려놓은 죽은 아내의 그림 앞에서 발걸음이 오래 서성였습니다. 창백한 아내의 눈이 아직 잊히지 않습니다. 저녁에는 와카메wakame라는 일본식 레스토랑에서 캘리포니아롤과 사시미를 먹었습니다. 차도르를 쓰고 젓가락으로 스시를 먹는 아랍 여인들의 모습이 신비로웠습니다.

여행은 우리 삶이 얼마나 다양한지를 가르쳐줍니다. 그리고 사랑의 방식이 얼마나 똑같은지도 깨닫게 해줍니다. 사막 한가운데에서도, 우림의 비 내리는 나무 아래에서도, 차가운 빌딩숲 속에서도, 내가 가닿은 곳 중에서 당신이 그립지 않은 곳은 단 한 곳도 없었으니까요.

밤 내내 아랍 화가가 그린 아내의 눈동자가 머릿속에 맴돌던 두바이의 어느 날.

오늘은 당신이 그리웠던 모든 날 중의 하루.

어쩌면 사랑보다 여행

행복이라는 건 말야, 인간의 수만큼 다양한 거야. 네가 엿본

건 그중 하나에 지나지 않아. 너에게는 네게 꼭 맞는 행복이

분명히 있어.

– 츠지 히토나리, 『사랑을 주세요』

세상에서 가장 아름다운 단어 두 개를 고르라면 '사랑' 그리고 '여행' 아닐까요. 짐을 꾸리고 트렁크를 닫을 때마다 이렇게 중얼거립니다. 이제 괜찮아질 거예요. 떠나온 도시에서 당신에게 엽서를 쓸 때면 당신 멀리서 당신을 맴돌며 보내는 평생도 나쁘지 않겠다는 생각이 들어요. 난 괜찮아요.

사는 건 정말이지 어쩔 수 없는 일들의 연속이에요. 그 일들 속에 그나마 잘한 일은 여행을 떠나온 일. 그리고 오늘 루퍼스 웨인라이트의 〈Foolish Love〉를 들은 일. • "나는 당신을 붙잡고 싶지 않아요, 너무 무력해져요. 나는 당신의 냄새를 맡고 싶지 않아요, 나의 감각을 잃어버려요. 그저 천천히 미소를 지어요. 사랑이 담긴 눈으로."

여기는 인도네시아의 '마나도'라는 섬이에요. 지금까지 그러했듯 갑자기 떠나오게 됐어요. 오늘은 하루 종일 어촌 마을을 촬영하고 시장을 돌아다녔어요. 녹초가 된 몸으로 숙소로 돌아와서는 침대로 몸을 던졌죠. 그래도 웃었어요. 당신을 생각하며 웃었어요. 좋아서 웃었어요.

어서 이 지겨운 여름을 넘어 또 가을, 겨울을 지나 봄에 당도했으면. 벚꽃이 지는 봄 속에서 이 노래를 들으며 당신 손을 잡고 법주사 오리숲을 지나 팔상전 아래에 서 있었으면.

오늘은 금요일이에요. 다행히 내일은 쉬어요. 스케줄이 없어요. 하루 종일 바다에서 빈둥거릴 거예요. 얼음이 가득 든 콜라 잔을 달그락거리며 노을을 바라볼 거예요. 슬리퍼를 신고 우체국으로 가 당신에게 엽서를 쓸 거예요. 난 괜찮아요. 우리를 위로하는 건 어쩌면 사랑보다 주말. 어쩌면 사랑보다 여행.

• 원문 : I dont want to hold you and feel so helpless, I dont want to smell you and lose my senses, And smile in slow motion, With eyes in love,

나는 점점 멀어진다. 아주 천천히, 그러나 확실히 멀어지고 있다. 항해 중인 선원이 자신이 방금 떠나 온 해안선이 시야에서 사라져가는 광경을 바라보듯이, 나는 나의 과거가 점점 희미해져감을 느낀다. 예전의 삶은 아직도 나의 내부에서 불타오르고 있지만 점차 추억의 재가 되어 버린다.

- 장 도미니크 보비, 『잠수종과 나비』

사 랑 하 는 당 신 에 게

여행을 하면서 나는 점점 온전한 인간이 되어가고 있었다. 배려, 존중, 연민, 사랑… 여행은 내게 많은 것을 가르쳐주었다. 나는 문장을 읽어나가듯 천천히 길을 걸었고 세계를 감촉했다. 세계는 내게 한 권의 책이었고 여행은 세계를 읽는 독서였다.

여행을 하며 삶에는 그다지 많은 것들이 필요하지 않다는 것을 알게 됐다. 가구, 자전거, 자동차… 팔아치울 것들을 정리하다 보니 내게 끝까지 필요한 건 낡은 아이팟과 칫솔 정도가 전부였다. 어릴 때만 해도 인생이란 내 것을 만드는 일이라고 생각했는데, 이만큼 살다 보니 내 것은 없다는 것을 알게 됐다. 전부 다른 이의 것이었다. 나는 잠시 빌려 쓰고 있을 뿐이었다.

여행을 통해 나는 내게 주어진 시간이 그다지 많지 않다는 것도 배웠다. 갈라파고스의 어두운 망망대해 요동치는 배 안에서 그 사실을 깨달았다. 우리에게 주어진 시간은 언제나 오늘 하루가 전부라는 것. 우리에게 하루가 더 주어질지는 다음 날 아침이 되어야 비로소 알 수 있다는 것. 내 삶에서 가장 외로운 시간이 지나 마침내 파도가 잔잔해지고 갈라파고스의 수평선 위로 붉게 해가 떠오를 때, 피가 반쯤은 빠져나간 머리로 이런 생각을 했던 것 같다. 인생이란, 가지고 싶은 것들을 가지려고 애쓰는 사이 모든 걸 잃어버리는 게 아닐까.

나는 잠깐 울었고 선실로 돌아가 당신에게 편지를 쓰기 시작했다. '사랑하는 당신'에게로 시작하는 편지였다.

문장을 읽어나가듯 한 권의 책을 읽듯

천천히 당신을 읽어나가고 싶다.

당신의 이름은 사랑을 닮았다

우리가 서로에게서 멀어졌다가도 항상 다시 돌아오는 건 어째서일까? — 우리가 과연 서로에게 돌아오는 걸까? 내가 대답했다. 아니면 그냥 여기 와서 게으르게 부딪히는 걸까?

- 패티 스미스, 『M 트레인』

여름이 가고 있다.
축 늘어져 있던 가로수들도 생기가 돈다.

플라타너스 나무 아래를 걷다 문득.
가을엔 어떤 이름을 가진 꽃이 필까.
국화, 구절초 말고.
아… 부용, 분꽃, 솔체꽃, 꽃향유, 개여뀌, 오이풀, 산비장이가
피는구나.
방울꽃도 피네.
흔들면 소리가 나려나. 따릉따릉.

가을꽃은 모두가 가을을 닮은 이름을 가지고 있었구나.
그러고 보니 가을이란 말은 가을을 닮았구나.
봄은 봄을 닮았고, 여름은 여름, 겨울은 겨울을 닮았네.
어쩜.

당신이라는 말도 당신을 닮았구나.
이마가 둥글고 복숭아뼈가 반들할 것만 같은,
당신이라는 말.

우리는 어떻게 만난 걸까.
우리는 왜 서로에게 돌아가는 걸까.
우리 삶이 겹쳐져 한결 짙어진 부분을 사랑이라는 말로 부를까.
사랑이라는 말은 사랑을 닮았구나.

가을이 오나 보다.
걸음이 자꾸 서쪽으로 향하니.
거기 뭐가 있길래.
어떤 이름이 기다리고 있길래.

우리 삶이 겹쳐져 한결 짙어진 부분을
사랑이라는 말로 부를까.

Ⅲ

그
리
나

어쩌면 그 순간을 위해… 나는 평생을 살아온 기분이었다.

- 박민규, 『죽은 왕녀를 위한 파반느』

우 리 는   멀 어 지 고   있 었 던   거 야

여행을 마치고 40일 만에 집으로 왔다.
후박나무에 일렁이는 햇빛들.
베란다 앞, 익숙한 풍경을 보며 마음은 순해지고 있었다.

아는 장소, 맡아본 냄새, 귀에 익은 목소리.
지난날은 다 부질없다며 새는 지저귀지만
그래도 내가 가진 건 지난날뿐.
어두운 도로를 달려왔던 멜로디들뿐.
몇 해 전 당신과 찍었던 사진을 뒤적인다.

그렇군.
우리는 멀어지고 있었군.
움직이지 않는 듯, 하지만 조금 움직인 듯…
그걸 세월이라고 부를 수 있으려나.
아직도 지평선을 물들이던 그날의 노을이 잊히지가 않는데.
알게 모르게 우리는 서로에게서 멀어지고 있었던 거지.

뒤돌아보면 지금도 우리는 멀어지고, 사라지고 있으니…
그러니까 사랑한다고 말해둘 것.
말할 수 있을 때 미리 말해둘 것.

사랑한다고 말해둘 것.

말할 수 있을 때 미리 말해둘 것.

잃지 않았다면 사랑한 것이 아니지

사랑을 잃고 나는 쓰네

- 기형도, 「빈 집」 중에서

꽃이 진다는 핑계로 안숙선을 들었다.

"옥창앵도 붉었으니 원정부지 이별이야. 송백수양 푸른가지 높다랗게 그네메고 녹의홍상 미인들은 오락가락 노니난데 우리 벗님 어디가고 단오시절인줄 모르는구나."

오후 세 시의 처마 그늘은 짙었지만, 그늘 밖으로 팔뚝을 내밀면 곧 뜨끈해졌다. 휴대전화가 몇 번 왔지만 받지 않았다. 계절이 가고 있었으니.

이룬 것 없이, 이루려고 한 것 없이 세월만 보낸 거 아닌가… 탄식하다가, 뭔가를 꼭 이루어야만 하나 하는 생각도 들었다.

주섬주섬 주방으로 들어가 수돗물 한 컵을 마시고는 노트북을 켜고, 뭐라도 써야지. 무릎에 손을 올리고 깜박이는 커서를 물끄러미 바라보았던 몇 분. 커서야 너도 말없이 세계를 지키고 있었구나.

지금 간절한 것이 있다면, 간절한 것이 있다면… 무엇일까. 딱히 없었지만, 그나마 있다면 봄아 조금만 더디 가다오, 사랑아 한 번만 더 얼굴을 보여다오. 그 정도, 그나마.

무언가를 잃지 않았다면 올바로 사랑한 것이 아니지.
한 번의 지독한 사랑은 전 인생의 실수를 용서하고도 남는 거지.

봄날, 낮술의 발걸음처럼 두서없음이여.

그러니까 첫사랑은 예뻤어, 단지 예뻤던 거야. 예쁘지 않다면
첫사랑이 아니지. 컴퓨터를 끄고 환타를 마셨다. 오후 여섯 시
인데도 밖은 환했다. 첫사랑 때문에 더 환했다. 직장이 있다면
사표를 쓰고 싶은 날이었다. 핑계를 대라면 안숙선을 들은 것이
핑계였다.

우리는 영원을 살지 못한다. 과거로 돌아갈 수도 없다. 변하지 않는

것은 없다. 그것은 아마도 시간 때문일 것이다.

- 밀란 쿤데라, 『농담』

사랑은 사라지려 할 때만 사랑 같았다

갈라파고스 산크리스토발 섬 앞바다. 선상 로비에서 노트북을 켜고 그날 찍은 사진들을 정리하고 있을 때였다. 선장이 성큼성큼 들어와 마이크를 잡았다. "지진이 났습니다. 쓰나미 경보가 내렸습니다. 지금부터 배는 닻을 올리고 안전한 곳으로 대피합니다."

할 수 있는 것은 아무것도 없었다. 통화 불능 지역. 배는 요란한 엔진 소리와 함께 출발했고 심하게 요동치기 시작했다. 창밖에는 거센 파도만이 넘실거렸다. 어느 순간, 선실 레스토랑에 모여 있던 여행객 중 누구 한 명이 울기 시작했는데, 배는 곧 울음소리로 가득 차버렸다. 나는 선실로 돌아와 침대에 걸터앉아 지나온 내 생을 떠올렸다. 할 수 있는 일이 그것 말고는 달리 없었기 때문이다.

흔들리는 선실에 앉아 나는 고독했다. 얼마의 시간이 지났을까. 얼굴들이 하나둘 머릿속에 떠오르기 시작했다. 별처럼 홀연히 떠오른 그것들은 내가 사랑한 사람들의 얼굴이었다. 그들의 이름을 마음속으로 부르며 밤을 지새웠다.

아침은 똑같은 모습으로 왔다. 수평선 너머가 붉은 빛으로 물들자 곧 해가 떴다. 잠에서 깬 펠리컨들이 수면 위를 낮게 날았고 바다이구아나들은 햇볕을 쬐며 체온을 올리고 있었다. 우리는 섬에 내렸다. 맨발로 흰 모래를 밟으며 간밤의 무사를 확인했다. 아침 햇살에 달궈진 모래는 따스해 발바닥이 간지러웠다.

파도는 밀려왔다 밀려가기를 반복했다. 뒤돌아보면 발자국은 어느새 지워지고 없었다. 끝끝내 삶은 헛되고 헛되고 헛될 뿐. 모래밭에 놓인 고래의 뼈를 쓰다듬으며 생각했다. 하지만 헛될 수밖에 없기 때문에 삶은 더 절실해야 하는 건 아닐는지. 모래 밭에 당신의 이름을 꾹꾹 눌러 써보았다. 사랑은 사라지려 할 때만 사랑 같았다.

우리가 지나온 대부분의 일들은 이미 소멸되었다

처음부터 나는

그렇게 깊은 바닷속에 혼자 있었어.

하지만 그렇게 외롭지는 않아.

처음부터 혼자였으니까.

- 이누도 잇신, 영화 〈조제, 호랑이 그리고 물고기들〉

자전거 한 대가 낮의 한가운데를 가르며 지나갔다. 소녀가 타고 있었는데 팔목이 희다. 잠깐 눈이 부셨으니 실핏줄을 본 것일 수도 있겠다. 다이소와 파리바게트와 세븐일레븐이 나란히 서 있는 골목. 킥보드를 탄 소년들이 아이스크림을 들고 서 있었다. 계절의 끝 또 한 계절이 시작되려 할 때. 차양이 넓은 모자를 쓴 여인이 바구니가 달린 자전거를 타고 스쳐갔다. 모퉁이에 핀 수국이 살짝 흔들렸다. 투명한 비커에 담긴 것 같은 시간들. 봄은 하루뿐이고 인생도 한 번뿐이야. 지난해 이맘때. 긴자 분메이도의 카스텔라를 포크로 반듯하게 잘라 당신의 입에 넣어주었던 봄날, 그 봄 어느 밤은 지금 어디에 있을까. 나는 수국 한 송이를 꺾어 손에 쥐었고 편의점으로 가 아이스크림 두 개를 샀다. 우리는 모두 사랑을 해왔고, 지금도 사랑이란 걸 하고 있지. 이마 위 둥실둥실 흘러가는 구름들. 이토록 통속적인 오월이라니. 열일곱, 스물, 스물넷… 흘러가 버린 시절들. 우리가 지나왔던 대부분의 일들은 이미 소멸되어버렸기 때문에 우리는 그걸 되찾지 못할 거야. 나는 아이스크림을 한 입 베어 물었다.

우리는 점점 소멸해갈 것입니다.

당신과 함께 보낸 시간만이 희미하나마 즐거움이겠죠.

어쩌면 당신과 사라지는 속도를 맞추는 일이 사랑이겠죠.

당신을 잊기 위해 남은 생을 산다

그는 지나간 날들을 기억한다.

먼지 낀 창틀을 통하여 과거를 볼 수 있겠지만

모든 것이 희미하게만 보였다.

- 왕가위, 영화 〈화양연화〉

1999년 12월, 창틀에 북풍이 쌓이던 밤.
길 하나가 멀리 달아나고 있었지. 눈이 날리고.
잠에서 깨어 오랫동안 당신을 생각했다네.
생의 서랍에서 사랑을 꺼내 쓰다듬었다네.
왜 모든 사랑은 빛이 바래는가.
당신은 왜 꽃이 지는 시절의 나무 아래
머리칼을 흩날리며 서 있는가. 오래도록.
빙 크로스비의 〈화이트 크리스마스〉를 들었고
몇 해 전 끊은 담배가 간절했던 시간.
골목 끝 음악이 걸어가다 사라지는 그곳에
머리칼을 흩날리며 당신은 서 있었지.
목이 마르고
목이 마르고
빙 크로스비는 새벽이 올 때까지
〈화이트 크리스마스〉를 부르겠지.
세상이 눈 속에 파묻혀 하얗게 사라질 때까지
세상의 모든 꽃들이 사라질 때까지 노래를 부르겠지.

인생을 잊기 위해 당신을 만났고
당신을 잊기 위해 남은 생을 산다네.

당신은 모르고
나만 아는 사랑이었으므로

내 사랑, 더 낮은 소리로 말해줘

나의 귀는 좁고

나의 감정은 좁고

나의 꿈은 옹색해

큰 소리는 들리지 않는데

- 장석남, 「낮은 목소리」 중에서

비가 온다.
비 오는 날이면 마당 없이 산다는 것이
얼마나 가난한 일인지 깨닫는다.
마당이 있다면 살구나무를 한 주 들일 텐데.
이 빗소리들을 쓸어 담아서 살게 할 수 있을 텐데.

살구나무를 지울 듯 쏟아졌다가 어느새 물러가서는
나뭇잎 속에 곤히 깃든 빗소리.
은종이 바삭이는 것처럼 기분 좋은 빗소리.

그걸 듣다가 깜빡 졸기도 하고
그걸 듣다가 이 세상을 멀리 탈출하기도 한다.
그리고 그걸 듣다가는 먼 옛날로 시간을 되짚어가
당신을 만나기도 해서
어느 바닷가 모래밭을 거닐며 손잡고 킬킬대기도 하는데…

사실 그 사랑은 당신은 모르고
나만 아는 사랑이었으므로
그것은 살구나무 가지 끝에 매달린
물방울 같은 것이었다고 해도 할 말이 없다며
빗소리를 듣고 있는 가난한 오후.

너를 기다리는 동안

기다려본 적이 있는 사람은 안다

세상에서 기다리는 일처럼 가슴 애리는 일 있을까

네가 오기로 한 그 자리, 내가 미리 와 있는 이곳에서

문을 열고 들어오는 모든 사람이

너였다가

너였다가, 너일 것이었다가

다시 문이 닫힌다

- 황지우, 「너를 기다리는 동안」 중에서

목포에 취재차 갔다가 민어 한 점 집어 먹고는 담양으로 내달렸다. 거기 명옥헌, 배롱나무 꽃이 화들짝 피었단다. 하늘이 맑고 뜨거운 칠월. 내년이면 서른이요, 어떡하면 좋을까요. 라디오에서 어느 청취자가 디제이에게 이렇게 말하고 있었다. 고백을 마지막으로 해본 게 십 년 전이었던가. 서른에는 어서 마흔이 되었으면 했다. 뭐라도 돼 있겠지.

사랑은 다 어디 갔나. 명옥헌 배롱나무 그늘 아래 짝다리로 서서 연못을 살폈다. 옛 애인의 그림자라도 보일까봐서. 그러다 진짜 보이면 어쩌나 싶어 돌멩이 하나를 던졌다. 돌멩이는 칼처럼 쑥 들어갔다. 해 질 무렵까지 명옥헌 누마루에 앉아 있었는데, 바람이 불 때마다 배롱나무들이 떨었다. 감전된 것처럼 바르르 바르르. 머리 위로 솔개 한 마리가 커다란 원을 그리며 날았다.

사랑이라는 게 영원하지 않다는 것을 안 것이 겨우 사나흘 전이다. 영원한 게 어디 있냐. 그렇게 생각하니 생이 한결 쉬웠다. 그럭저럭 살아갈 만했다. 잊지 못하겠다는 거짓말. 잊는 게 가장 쉬웠어요. 그래도, 그래도 당신은 잊어도, 당신을 기다리던 그 두근거리는 순간만은 간직하고 싶은 것일 수도. 배롱나무 붉은 꽃이 간신히 밝히는 그 저녁, 소주까지는 아니어도 냉수나 한 사발 마셨으면 싶었다.

잊기 위해 떠난다는 말은
죽어도 잊지 못하겠다는 말.

잊는다는 말.
그저 말만 있을 뿐이겠지.
경험하면 알게 되죠.
잊을 순 없는 거라는 걸.
절대 그럴 순 없는 거라는 걸.

잊혀가는 거겠지.
아니면
희미해져가던가.

우리가 만났던 그 날 기억하는가

겨울 동안 너는 다정했었다.

눈(雪)의 흰 손이 우리의 잠을 어루만지고

우리가 꽃잎처럼 포개져 따뜻한 땅속을 떠돌 동안엔

봄이 오고 너는 갔다.

라일락 꽃이 귀신처럼 피어나고

먼 곳에서도 너는 웃지 않았다.

자주 너의 눈빛이 셀로판지 구겨지는 소리를 냈고

너의 목소리가 쇠꼬챙이처럼 나를 찔렀고

그래, 나는 소리 없이 오래 찔렸다.

- 최승자, 「청파동을 기억하는가」 중에서

생을 긍정하고 싶은 마음 같은 건 없다. 하루하루를 버티고 하루하루를 살아낸다. 해야 할 일을 꾸준히 해나가면 그럭저럭 나쁘지 않은 삶을 살아갈 수 있다고 믿고, 그렇게 살려고 노력한다. 그뿐이다. 이만큼 살아보고 나서 깨달은 것이다.

청춘은 아름답지만 다시 돌아가고픈 생각은 없다. 스무 살 때로 되돌아갈 수 있다 해도 귀찮고 피곤할 것 같다. 그렇다고 딱히 지금이 행복하다는 건 아니다. 우리는 주름살을 하나둘씩 챙겨가며 죽음을 향해 착실하게 나아가고 있다.

그래도 꼭 돌아가고 싶은 하루를 고르라면 이십 년 전 당신을 처음 만난 날, 그 하루를 선택하겠다. 온 세상이 환한 빛으로 휩싸였던 그날. 우리 아직 젊어서 서로의 살냄새를 맡는 것만으로도 즐거웠던 그 시절. 몰락을 향해 천천히 나아가는 이 삶에서 그래서 기억의 서랍에 아껴두고 꺼내보는 것이라면 당신을 만난 첫날. 어쩌면 그 기억으로 여기까지 살아왔는지도 모른다.

당신이 옆에 있어도 나는 당신을 만난 첫날을 슬그머니 떠올리고는 당신 손을 문득 잡으니. 당신 곁을 영원히 떠나는 날도 나는 이 기억만은 꼭꼭 여미어 가져가겠다.

나
를

사
랑
합
니
까

매혹을 묘사한다는 것은, 결국 '난 매혹되었어'라는 말을 초과할 수는

없는 것이다.

- 롤랑 바르트, 『사랑의 단상』

햇빛 아래에, 있다. 눈을 감고.

눈을 감고
당신 옆을 만지는 일.
당신 옆에 내 손을 슬며시 두는 일.

한 손으로 무릎에 앉은 햇빛을 쓰다듬는 일.
어쩌면 사랑은…

마음으로 묻습니다.
당신은 나를 사랑합니까.

대답 대신
마루에 등을 대고 눕는 당신.

눈이 부셔서
모든 것이 용서되는 날.

내 옆에 있어주시길.
당신만은 내 옆에 있어주시길.

내가 바라는 단 한 가지.

그것도 사랑. 그래야 사랑

울고 있는 내게 나도 놀란다. 사랑은 조용히 끝이 나고 있다.

- 다와라 마치, 『샐러드 기념일』

헤어져야 할 때 헤어져야 하는 사랑.
헤어져야 할 때 헤어질 수 있는 사랑.
그것도 사랑.
그래야 사랑.

바다 앞 어느 여관
낡은 방에 쓸쓸히 누워
헤어짐을 결심하기 좋은 장소는 바다만 한 곳이 없지 하며
주먹을 불끈 쥐어보는 스무 살 시절이 있었다.

나를 망쳐버린 당신이여

잘 지내시는지

왠지 오늘따라 마음이 아픈지 했더니

오늘은 그대가 날 떠나가는 날이래요

왜 항상 나는 이렇게 외로운 사랑을 하는지

도무지 이해가 안 가는 이상한 날이에요

왜 그랬는지 묻고 싶죠 날 사랑하긴 했는지

그랬다면 왜 날 안아줬는지 그렇게 예뻐했는지

나만 이런 세상을 살고 있는 것 같아요

바라보기만 하다 포기할 수는 없겠죠

근데도 이렇게 아픈 마음만 가지고 사는 건

도무지 불공평해서 견딜 수가 없어요

- 볼빨간 사춘기, 〈나만 안 되는 연애〉

단지 보고 있다는 사실만으로도 행복할 때가 있었다.
보다가 보다가 좋아져서 가지고 싶었다.
가졌는데, 가져서 좋았는데, 영원한 내 것은 아니었다.
그런 적이 많았다.
많은 것들이 나를 떠나갔다.

아직도 이해가 안 된다.
왜 나를 떠나갔는지.
떠나갈 거면서 왜 왔는지.

나는 지금까지 단 한 번도 떠난 적이 없는데…

내게 웃었던 그것들이여.
팔짱을 끼었던 그것들이여.
나를 망쳐버린 그것들이여.
잘 지내시는지.

때로는 당신도 나를 잊었으면 합니다.

당신과의 어떤 월요일은 창틀 하나로 남고, 또한 당신과의 어떤 일요일은

식은 커피잔의 그림자로 남아, 당신과의 어떤 방파제는 흰 등대로 서 있고

당신과의 어떤 저녁은 한 페이지로 남았네.

– 성윤석, 「중독」 중에서

당신과의 어떤 저녁은 한 페이지로 남았네

어제는 서재의 책을 정리했다. 헌책방에 내다 팔고 주위 사람에게 나눠주고 버릴 것은 내다 버렸다. 그러고 나면 삶이 한결 가벼워지려니 했다. 십오 년째, 단칸방에서부터 가지고, 끌고 다니던 책이다.

살다 보니 가져야 할 것보다 버려야 할 것이 더 많은 나이가 됐다.

당신에게 선물했던 책도 있었지만 그래도 버렸다. 책장을 드르륵 넘겨보다 당신이 쓴 메모를 발견하기도 했고 당신이 밑줄 친 문장 앞에서는 마음이 잠시 멈칫해 소리 내어 읽어보기도 했지만 그래도 다 버렸다. 아쉽지만 다 버렸다.

집이 한결 넓어졌다. 말 그대로 공간(空間). 아무것도 없는 곳이 되었다.

당신과의 지난 시간. 당신과 보냈던 스무 살 가을은 낙엽처럼 져버렸고, 당신과 마주했던 서른 살 어느 겨울은 입김처럼 날아가 버렸지만 그래도 당신은 여기 있질 않나.

빈자리마다 그리운 마음이 차곡차곡 쌓이는 어느 가을 저녁. 우리가 지나왔던 어느 페이지를 들춰보는 가을의 따뜻한 벽난로 앞.

IV

그
래
도

사랑한다고 고백할 때 우리는

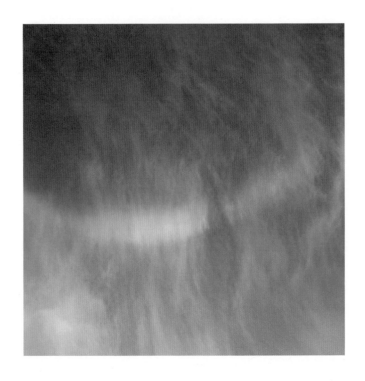

그럼에도, 사랑은 여전히 그녀의 삶에서 가장 큰 도박이었다.

- 파울로 코엘료, 『브리다』

사랑한다고 고백하는 일. 해본 사람은 알겠지만, 이건 상당한 용기를 필요로 하는 일이다. 사랑한다고 고백할 때 우리 작고 가냘픈 몸은 수천 번을 떨고 수만 번을 울먹인다. 어려운 고백 끝에 겨우 사랑이라는 걸 시작했지만 아, 그런데 그걸, 사랑이라는 걸, 도대체 어떻게 처리해야 하는지는 아직도 요령부득이다. 여행도 마찬가지 인생도 마찬가지. 어쩌다 여행이라는 걸 시작하게 됐는지 아픈 종아리를 두드리며 후회한 밤이 한두 번이 아니다. 어쩌다 내게 떠밀려온 인생이라는 파도를 겨우겨우 넘어가고 있지만 여전히 인생은 종잡을 수 없고 난감하기만 하다. 그래도 낙관을 포기할 수는 없다. 어제의 꾸준함과 내일에 대한 기대가 나를 이곳까지 데려왔다. 지금 우리 비록 서로에게 서툴고, 우리를 둘러싼 여건은 좋지 않지만 우리의 사랑은 끝내 아름다울 것이라고 생각하자. 내 인생이 다하기 전에 나는 당신을 완벽하게 사랑할 수 없다는 것을 잘 알고 있다. 그래도 나는 최선을 다해 당신을 사랑할 것이고 내 사랑의 고백은 결코 헛되지 않을 것이니…

결코 다시 올 수 없다는 것이 삶을 그리도 달콤하게 만드는 것이다.

- 에밀리 디킨슨

사랑보다도 더 사랑한다는 말이 있다면

문을 열자 햇살이 와 있다. 민박집 처마 끝 햇살이 고백처럼 밝다. 하늘은 이 빛들을 어디에 숨겨두고 있었으며, 사랑은 도대체 누가 만들어낸 것일까. 당신 주머니 속에 슬그머니 손을 넣었던 봄의 해변이 기억나는 오늘.

마루에 앉아 있으니 발등이 따뜻하게 데워진다. 개나리는 노랗게 필 것이고 목련은 희게 환할 것이다. 커다란 꽃망울들이 폭죽처럼 터지는 봄. 어쩌면 여행은 생에 대한 불평을 쏟아내는 가장 비싼 방식일는지도 모르겠다. 당신을 잊기 위해 불쑥 찾아든 강원도의 어느 내륙.

당신은, 함께 행복해도 좋을 사람이 아닌, 나와 함께 불행해도 좋을 사람이었다. 그러니까, 서로의 불행을 온전히 이해해주는 것이 사랑이라고 믿었던 시절. 은유와 비유와 상징을 내던지고 명료하고 현실적인 사랑의 말만을 해야겠다고 다짐하던 밤들. 서로의 손을 놓지 않으려 애쓰며 걷던 시간들.

이제 괜찮을 거야, 하고는 떠나왔는데, 이제는 사랑이 떠나간 줄 알았는데, 사랑은 여전히 그 자리에 남아서 창 너머 꽃처럼 나를 바라보고 있었구나. 혼자 있는 시간이 유난히 낯설고 손이 시리던 며칠. 물끄러미 지난 연애를 생각했던 며칠.

방으로 들어가 짐을 꾸린다. 등 뒤로 툭, 툭 꽃잎이 터지는 소리가 들린다. 봄이 바삐 가고 있으니 서둘러야지. 당신과 함께 보아야 할 작약과 목단이 있으니. 지난해 이맘때 경북 영천 모고헌 가던 길, 어느 집 파란 대문 앞에 서서 당신을 데리고 오지 않은 것을 후회하지 않았던가.

돌아가서는 당신에게, 사랑한다는 말보다는 함께 떠나자는 말을 해야겠다. 사랑보다도 더 사랑한다는 말이 있다면 아마도 그것일 테니.

서로의 손을 놓지 않으려
애쓰며 걷던 시간들.

당신에게 사랑한다는 말보다는
함께 떠나자는 말을 해야겠다.

사랑보다도 더 사랑한다는 말이 있다면
아마도 그것일 테니.

누군가 나를 사랑 쪽으로 끌어당기는 저녁

인생은 계속되어야 해. 우리에게 남은 것을 가지고 계속 나아가야 해.

- 존 업다이크, 『달려라, 토끼』

여기는 호주 멜버른이다. 섭씨 32도의 오전 열 시. 발등엔 눈부신 햇살이 폭포처럼 쏟아지고.

퀸 빅토리아 마켓에 왔다. 청포도와 수박, 멜론, 당근, 고구마와 감자 사이를 걸었고 벌꿀을 시식했다. 좌판 가득 쌓여 있는 싱싱한 달걀들 앞에서는 마냥 기분이 좋았다. 캥거루 인형과 코알라 인형을 사 비닐봉지에 넣고 시장 이곳저곳을 기웃거렸다. 시장 한편에 자리한 요리책 전문 책방에서는 도나 헤이의 쿡북을 뒤적이기도 했다. 도자기 가게에서는 작은 화병을 오랫동안 만지작거리며 살까 말까를 고민했다.

점심식사는 앨버트 파크의 F1 그랑프리 서킷에서 '세상의 가장 긴 점심'. 1,500명의 사람들과 어울려 세 시간 동안 이어진 점심식사. 고구마 라비올리와 쌀을 넣고 구워낸 닭요리 그리고 와인, 와인, 와인. 햇살은 눈부셨고 구름은 느리게 흘러갔고 사람들은 조그마한 농담에도 웃음을 쏟아냈다.

저녁에는 야라 강변에서 와인을 마셨다. 소나기가 그친 하늘은 찬란했고 강물은 오후의 햇살을 튕겨내며 느리게 흘렀다. 바람은 어디선가 불어와 유칼립투스 나무를 유쾌하게 흔들어댔다. 완벽한 날씨 속에서 마시는 와인. 열한 잔을 마셨나, 아니 더 마셨나… 마음이 기분 좋게 흔들리던 저녁 여섯 시.

숙소로 돌아가는 길, 술에서 깨기 위해 잠깐 들른 어느 카페. 에스프레소 잔을 앞에 두고 누군가를 사랑하고 있다는 사실을 새삼 깨닫고 있었다. 그 사람과 이 작은 테이블에 마주 앉아 있다면 얼마나 좋을까 하고 생각했으니 말이다.

그러니까 우리의 마음에 낙관과 사랑이 생겨나게 하는 것은 열렬함과 치열함이 아니라, 한낮의 햇볕과 한 줌의 바람 그리고 강물을 따라 흘러가는 구름일 수도 있다는 것.

사랑이라는 게 뭐가 그리 대단해. 손잡고 싶고 입 맞추고 싶으면 그게 사랑인 거지. 꼭 동공이 커지고 무릎이 풀려 주저앉아야만 사랑일까… 이런저런 생각 끝에서 피어오르던 분홍빛 노을. 인생이 계속되어야 한다면 사랑도 계속되어야 하는 거지. 나는 남은 커피를 마시고 일어섰다. 누군가 나를 사랑 쪽으로 끌어당기는 것 같은 저녁이었다.

"이제 여기서 무엇을 하면서 살 거예요?"

"그냥 살아갈 겁니다."

– 보리스 파스테르나크, 『닥터 지바고』

그러니까 우리 사랑하도록 하자

헝가리 부다페스트의 수도원을 개조한 호텔에서 『닥터 지바고』를 다시 읽었다. 잔뜩 찌푸린 하늘이 어깨를 움츠러들게 하고 마음을 자주 허기지게 했다. 우리가 살고 있는 세상의 어둡고 차가운 구석. 외롭고 시린 날씨를 책이라도 읽지 않으면 어떻게 견딜수 있을까. 뜨거운 커피를 후후 불어가며 밤새 『닥터 지바고』를 읽는 밤. 창문 너머로 부엉이 소리가 들려오곤 했다. 여행과 독서는 이 삶을 지나가는 데 아주 유용한 도구임에는 틀림없다.

"날씨는 상상할 수 없을 만큼 나빴다. 찌르는 듯한 날카로운 바람이 그을음 같은 새까만 조각 먹구름을 땅 위에 낮게 실어 왔다. 그러자 갑자기 그 조각 먹구름에서 어떤 하얀 광기의 발작을 일으킨 것처럼 눈이 세차게 쏟아졌다. 눈 깜짝할 사이에 원경은 새하얀 휘장에 싸이고 땅에 하얀 천이 깔렸다."

이 문장에 밑줄을 그으며 시베리아의 끝없는 설원을 달려가는 열차의 긴 긴 기적소리를 상상해본다. 하지만 시베리아에 한 번도 가보지 못한 나는 '그래도 미치도록 가고 싶은 곳이 한 곳쯤 있다는 것은 그럭저럭 인생을 올바르게 소비하고 있다는 증거지' 같은 변명 같지 않은 변명을 하며 식어버린 커피잔을 홀짝였다.

이 소설의 위대함은 겉으로는 사랑 이야기를 다루고 있지만, 실은 20세기 초 러시아 혁명기라는 역사의 격변 속에서 속절없이 희생되는 한 나약한 지식인의 비극적인 운명과 사랑을 통해 동시대의 사회상을 우울하게 그려낸다는 점이다. 지바고는 나약한 지식인의 표상으로 읽히며, 라라의 남편 파샤는 적극적인 혁명가의 전형이다. 하지만 나는 비행기로 열 시간이 넘는 먼 타국의 딱딱한 침대 위에서 이 소설을 오직 사랑에 관한 이야기로만 읽고 싶었다. 혁명은 멀고 생활은 가까우니까. 혁명보다는 사랑이 쉬우니까.

이리저리 여행을 다니노라면, 인생이란 게 참 별거 아니라는 생각이 든다. 인생은 짧으니까. 그래서 미워하고 시기하며 살기엔, 한곳에 머물러 살기엔, 아까운 것이 인생이다. 우리는 저마다 치열하게 살아온 것 같지만 사실은 밥 먹고 설거지하고 영화 보고 친구들과 수다 떨며 살아왔다. 어쩌면 우리 인생은 그게 대부분이다. 팔 할은 이런 장면들로 이루어져 있다. 이것이 가치 없다는 것이 아니라 이것이 어쩌면 우리 삶의 실재라는 것이다.

그러니까 우리는 사랑하도록 하자. 열심히 책을 읽고 음악을 들으며 여행을 떠나자. 혁명은 멀고 사랑은 간절하니까.

나의 직업은 사랑이라고 하였다

올페는 죽을 때

나의 직업은 시라고 하였다

후세 사람들이 만든 얘기다

나는 죽어서도

나의 직업은 시가 못 된다

우주복처럼 월곡(月谷)에 둥둥 떠 있다

귀환 시각 미정

- 김종삼, 「올페」 중에서

아침에 일어날 때마다 인생은 왜 이다지도 긴가 하고 생각하다가 해질 무렵 공원의 벤치에 앉아서는 왜 세월은 화살처럼 빠른가 하고 한숨을 쉬며 불 켜진 술집을 찾아 나선다.

세월은 가고 사랑은 희미해지고 당신을 만난 첫날이 생각나지 않아 가로등 아래를 잠시 서성이던 저녁.

오늘 오후 인터뷰에서 정말로 갖고 싶은 것 세 가지가 뭐냐고 물었는데 대답하지 못했다. 없었다. 그냥 살 만한 세상이나 됐으면 좋겠어요. 그게 다예요. 진심이었다.

술집에서는 정미조가 흘러나왔다.
"가도, 아주 가지는 않노라시던, 그런 약속이 있었겠지요."
오뎅탕은 식어 있었고 청하는 미지근했다. 주머니 속에서 휴대전화가 울렸지만 받지 않았다.

도대체 어디로 가버렸을까? 그해 여름은,
뜨겁던 해변은, 해변에 뒹굴던 웃음소리는…

술집 문을 닫고 나서는데 누군가 뒤에서 등을 힘껏 미는 것 같았다. 정말로 하고 싶은 걸 물었다면 아마도 '다시 시를 쓰고 싶어요' 하고 대답했을지도 모르겠다.

집으로 돌아오며, 나는 죽을 때 나의 직업을 뭐라고 할까, 여행이라고 할까, 사랑이라고 할까, 생각했다.

혼자 외로워지기에는 너무도 붐비기 좋은 세계다

- 김경주, 「내가 이렇게 외면하고 길을 걷는 것은 ─ 하림에게」 중에서

오래도록 당신을 떠나왔지만

밤바다에 홀로 앉아 있습니다.
당신이 그리운 밤입니다.

파도 소리를 들으며 어둠 속에 앉아 있다 보면
어느 별에 천사가 앉아 커다란 눈을 글썽이며
우리를 내려다보고 있다는 생각이 들어요.
그것만으로도 조용히 위로가 되곤 하죠.

내 안의 천사를 만나는 일,
내 속에 얼마나 많은 그리움과
떨림, 설렘, 몽상이 살고 있는지를 확인하는 일.
그것이 여행 아닐까요.

결코 우리 삶을 설명해주지는 않지만
우리 삶을 가장 잘 보여주는 게 여행 아닐까요.
여행을 하며 비로소 이 생에 영원히 머무르고 싶다는
생각을 해봅니다.

내일이면 다른 곳으로 갑니다.
비행기를 갈아타고 처음 들어보는 낯선 땅으로 들어갑니다.

오래도록 당신을 떠나왔네요.
당신에게로 돌아가는 길을 잃지 않으려 노력하고 있어요.
알아주시길 바래요.

오래도록 당신을 떠나왔지만,

당신에게로 돌아가는 길을 잃지 않으려 노력하고 있어요.

시간은 지나가지만 사랑은 그냥 지나가지 않아요

시간은 우리 모두를 뚫고 지나갔어!

- 조르조 바사니, 『성벽 안에서』

늙어가고 있습니다. 듣지 않던 음악을 듣게 되고, 먹지 않던 음식을 먹게 되네요. 어젯밤에는 지난 한 해 동안 찍은 사진을 몽땅 날려버렸는데도 '살다 보면 그럴 수도 있는 거지. 더한 일도 겪었는데 뭘' 하며 넘겼습니다.

세월이라는 것은 아주 착실합니다. 게으름을 피우지 않고 자기일을 하고 있습니다. 기억력을 가져가는 대신 주름살을 하나 더주더군요. 웬만한 일에는 놀라지 않는 법도 알려주고요. 해야할 일이 있는 반면, 할 수 있는 일이 있다는 사실도 깨닫게 해주더군요. 지나간 모든 건 잊히게 마련이라는 것도 반복해서 가르쳐주더군요. 세월의 역할이 그거니 비난하고 싶은 마음은 없습니다. 단지 조금 아쉬울 뿐이죠.

그리고 고독하다는 것. 세월도 고독은 어쩌지 못하더군요. 다른 분들의 작업 역시 그러하겠지만, 제 작업 역시 상당히 고독합니다. 여행도 고독하고 사진도 고독합니다. 이국의 낯선 호텔에서 밤늦도록 원고를 쓰는 일. 삽 하나로 묵묵히 우물을 파내려가는 것과 별반 다르지 않아요.

세월과 고독을 견디는 일. 여러 방법이 있겠죠. 가령 사용하는 카메라를 바꿔주는 일도 그 방법 가운데 하나일 텐데요. 얼마 전 소니에서 후지로 바꿨는데, 뭐라고 할까 RF 스타일의 카메라인데 모양이 아주 근사합니다. 소니는 전자제품을 만지는 느낌이었는데 후지는 사진을 찍는다는 느낌을 들게 한다고 할까요, 아무튼 그렇습니다. 인생이란 — 어디까지나 제 인생의 경우에 — 이 브랜드에서 저 브랜드로 카메라를 바꾸는 과정에 불과한 것이 아닐까, 하고 생각할 때가 종종 있습니다.

어쨌든, 세월은 계속 나아가고 있고 우리가 이해할 수 없는 방향으로 나아가고 있는 이 세상을 견딜 수 있게 하는 것은 역시 우리가 사랑이라고 부르는 그것 밖에는 없지 않을까 생각합니다. 어제는 무려 오백 기가바이트의 사진 데이터를 날려버리고서는 그 핑계로 아끼던 와인을 땄습니다. 좋은 술은 이럴 때 마시라고 있는 거지. 좋지 않은 일이 있을 때 좋은 술을 마시는 것. 그것이 제 기본 패턴입니다. 그러니까 샐러드를 만들고 와인 첫 모금을 마시기까지, 약 20분 정도 절망했던 것 같습니다.

아참, 당신 그리고 당신. 당신이 있어 나이를 먹는 것 따위는 조금도 두렵지 않아요. 그러니까 제가 하고 싶은 말은 이겁니다. 시간은 우리를 지나가지만 사랑은 우리 곁에 머물러 있다는 것, 그것.

시 간 은 우 리 를 지 나 가 지 만

사 랑 은 우 리 곁 에 머 물 러 있 다 는 것 , 그 것 .

누군가를 포기한다는 것이, 자유를 얻는 것을 의미하는 건 아니야.

- 로저 미첼, 영화 〈위크엔드 인 파리〉

당신은 여기 이렇게 있잖아

프린터에 잉크를 넣었다.

손톱 밑과 손가락 끝에 잉크가 잔뜩 묻었다.

새까만 손끝을 보며 에휴.

잉크가 묻어날까 봐 넘겨야 할 원고 교정지에도,

선물받은 이어폰에도 손을 못 댄다.

책 페이지도 못 넘긴다.

이제는 말랐지 싶어 흰 종이에 손가락을 스윽 문지르다가

몇 해 전 선반을 벽에 박겠다고 사둔 전동 공구 생각이 났다.

두어 번 썼나.

물론 아직 선반은 못 달았다.

그래도 꽃은 살 줄 알고, 좋은 잔이며 접시는 알아서
시칠리아에서 보았던 튀니지 접시를 못 사온 게 아직 서운하다.
좋은 거 앞에서는 망설이지 말아야지.
지난해 여름, 멜버른 여행에서 돌아왔을 때
시든 꽃기린 화분 앞에서 내쉰 한숨은 또 어쩔 텐가.
오사카에서 사온 이백 엔짜리 녹차 잔에
에스프레소를 따르면서는 흐뭇해하기도 한다.

시를 읽다가 꾸벅 조는 날이 가끔 있다.
김종삼이나 박재삼의 시를 읽을 때는
졸음도 시의 한 행처럼 여긴다.
밟으면 슬며시 삐걱거리는 마루도 갖고 싶다.
마당에는 백일홍을 심어야지.
화르르 피었다 지는 벚꽃이 아니라 오래가는 백일홍.
드뷔시를 걸어놓고는 마루에 앉아 백일홍을 바라보는 거지.
사람은 죽으면 어디로 가나 하는 생각 같은 것도 해보는 거지.

잉크가 묻은 손끝을 바라본다.
잉크 자국이 어느새 희미해져 있다.
옆을 더듬는데, 따스한 손 하나가 만져지니….
여름 저녁.

당신은, 여기, 이렇게, 있잖아.

가을이 왔고 사랑은 오래되어서 좋다

그는 잠깐 뜸을 들인 후 이렇게 말했다. 그의 사랑은 예전과 똑같다고. 그는 아직도 그녀를 사랑하고 있으며, 결코 이 사랑을 멈출 수 없을 거라고. 죽는 순간까지 그녀만을 사랑할 거라고.

- 마르그리트 뒤라스, 『연인』

바람의 온도가 바뀌었다. 저녁이면 양떼구름이 서쪽에서 동쪽으로 흘러간다. 마을 입구 미루나무에서 시작하는 노을색이 한결 짙어졌다. 어제는 비엔나에서 사온 셔츠를 꺼내 걸었고 거실에 놓인 사진 액자를 바꾸었다. 계절이 변하고 있다. 마메다 마치, 케언스, 제주 예래리, 해남 대흥사 그리고 규슈의 작은 시골 마을 미나미시마바라… 가을에 가야 할 곳들. 내 주소는 길 위에 있는 것인지도 모른다. 올 가을에는 꼭 유선관에서 하룻밤 묵어야지. 물론 당신과 함께.

아침이면 모카포트로 에스프레소를 뽑고 초콜릿 한 조각을 먹는다. 오래된 습관이다. 그리고 책상 앞에 앉아 노트북을 열고 워드 파일을 켠다. 쓰고 싶은 단어가 생각날 때까지 깜빡이는 커서를 응시한다. 그것 역시 오랜 습관이다. 단어가 떠오르지 않으면 당신 옆으로 가 누워 당신 등에 뺨을 댄다. 희미하게 들려오는 심장 소리를 듣고 있노라면 쓰는 게 무슨 대단한 일일까 싶다. 이런 따스한 등을 하나 가졌으면 된 것을.

하루 사이에 가을이 왔다. 거짓말처럼. 햇빛 아래에는 목덜미가 따뜻하다가 그늘 아래로 가면 어깨가 서늘하다. 그 감각이 다정하다. 예고 없이 찾아온 가을 앞에서 기분이 좋다. 재능을 믿고 싶고, 신을 믿고 싶고, 운명을 믿고 싶은 날. 더 살다 보면 그렇게 되겠지.

그나저나 올 가을에는 잘 어울리는 검은 안경테를 하나 갖고 싶다. 당신과 교토에 가보고 싶다. 어디선가 종소리가 울려 퍼진다. 이 마을 어딘가에 종이 있었나. 종소리가 좋아지는 걸 보니 옛날로 돌아가고 싶은 생각이 없는 모양이다. 가면 뭐하겠나. 돌아간다고 해도 시는 쓰지 않을 테지만… 노트북을 닫고 당신 등 뒤로 가 눕는다. 이불 속이 따스하다. 가을이 왔고 사랑은 오래되어서 좋다.

사랑을 통해 우리는 저마다 위대한 개인으로 자란다.

– 김연수, 『사랑이라니, 선영아』

이 사랑만은 영영 끝나지 않았으면

10월이 되었네.
10월엔 분명 10월의 생과 10월의 생활과 10월의 사랑이
있을 텐데,
그 사랑과 그 생, 하나도 보지 못했네.
오직 생활만이 아프고 노을만이 붉었으니.
복수라는 단어가 떠오를 때마다 해안으로 갔고
불멸이라는 단어를 모래밭에 쓰며 11월을 기다렸으니.

어서 11월이 되었으면.
강가의 안개가 무럭무럭 자라나 조용히 내 이마를 덮었으면.
창문이며 구름, 물결과 선창, 산 그림자와 햇빛으로 잘 살았던
나날들.
가끔 사랑이 찾아왔으며 어느 날 사랑은 떠나갔으며
생은 오고 갔던 사랑 사이마다 아팠다네.
꽃이 피듯 밝았다네.

오늘은 10월의 비가 내려
10월의 잎을 물끄러미 떨어트리는 것을 본다.
창가에 앉아, 우리의 사랑은 이렇게 속절없이 지는 것을 본다.
11월이 오기 전, 이 생이 끝났으면.
그래서 이 사랑만이 영원하고 영영 끝나지 않았으면.
11월이 오기 전.

가끔 사랑이 찾아왔으며
어느 날 사랑은 떠나갔으며
생은 오고 갔던 사랑 사이마다 아팠다.

원망도 미안함도 가지지 말자

생사를 건 사랑이라고 말하는 거야? 지금껏 그 남자 없이 살았잖아.

충분히 불행했지. 내 말은 그래도 그때 네가 죽고 싶어하진 않았단 거

야. …하지만 그게 삶이었다고 할 수도 없어.

- 모니카 마론, 『슬픈 짐승』

시나몬롤이 얼마나 먹고 싶었던지.

카페에 들어서자마자 시나몬롤 하나를 집어 자리로 가

손가락으로 빵을 뜯었다. 맛있었다.

시나몬롤이 주는 잠깐의 위로.

한 입 삼키고 비로소 긴 한숨을 내뱉었다.

지옥과 같은 일주일. 사랑은

생각할 겨를도 없었고, 사랑은 쳐다볼 사이도 없었다.

시간은 흘러갔고 우리는 그 시간에서 튕겨나가지 않기 위해

안간힘을 써야 했다. 일을 해야 했다.

몇 번의 비가 내렸던가.

그 사이 창밖에는 가을이 와 있었다.

아스팔트의 검은빛은 약간 순해져 있었다.

목덜미에 닿는 바람에서는 문득 겨울이 느껴졌다.

지옥을 벗어나 다른 지옥으로 옮겨와 있는 지금.

그래도 다행이다.

카페의 따뜻한 온기가 생각나는 계절이라서.

시나몬롤이 맛있는 계절이라서.

시간은 점점 슈베르트가 잘 어울리는 쪽으로 가고 있다.

카페를 나와 집으로 가는 길.

입김을 불어본다.

안개 속으로 번져가는 입김은 마치 어떤 마음 같아서

사라지는 걸 보고 있자니 살짝 눈앞이 흐려진다.

원망하지 말자.

미안한 마음도 가지지 말자.

사랑이나 삶이나, 해보면 살아보면 별것 아니더라.

다가오는 계절에도 생사를 건 사랑 같은 건 하고 싶지 않다.

어쩌면 인생은 시나몬롤과 슈베르트만으로도

충분하다는 생각이 드는…

늦가을, 11월.

슬픔아,
사랑과 함께 잘 자거라

그 뒤 Y와 K가

어떻게 살았는지

나는 모른다

지금까지 살아 있다는 건 안다

나도 살아 있다

우리를 오래 살리는,

권태와 허무보다 더

그냥 막막한 것들,

미안하지만 사랑보다 훨씬 더

무겁기만 무거운 것들이

있는 것이다

- 황인숙, 「그 젊었던 날의 여름밤」 중에서

11월이 되었다.
새벽의 거리는 짙은 안개가 허무처럼 고여 있고
거리의 나무들은 잎을 떨어뜨린 채 조용히 서 있다.

오늘 새벽, 커피를 타려다가
식탁 모서리가 더 둥글게 닳아버린 걸 보았다.
• 누군가 밤새 모서리를 쓰다듬으며 울었으리라.

슬픔으로 닳고 닳아
눈물처럼 둥글어진 우리 사랑의 모서리.

눈물 몇 닢을 주머니에 넣고 11월의 거리를 걷는다.
11월이 있어 얼마나 다행인가.
우리에게 죽음이 기다리고 있다는 사실을 알게 해주니
우리의 처량을 안개와 낙엽으로 덮어주니
그리고 우리에겐 아직 사랑할 시간이 있음을 알게 해주니.

오늘 저녁에는 주머니에 든 눈물 몇 닢으로 술을 사야지.
당신과 함께 사랑으로 즐거웠던 10월에게 건배해야지.

11월이 되어
우리가 알던 별자리는 모두 사라지고 없지만
다행히 사랑은 아직 끝나지 않아
눈시울이 더워지는 오늘밤.

슬픔아, 사랑과 함께 잘 자거라.

• 심보선 시 「아내의 마술」 "온 세상을 슬픔으로 물들게 하려고/ 우는 아내가 식탁 모서리를 오래오래
쓰다듬고 있다"에서 모티브

내가 사랑한 문장들

I
- 〈이터널 선샤인〉, 미셸 공드리 감독
- 『사랑 예찬』, 알랭 바디우, 길
- 『댄스 댄스 댄스』, 무라카미 하루키, 문학사상
- 『달의 뒷면』, 온다 리쿠, 비채
- 「공원」, 자크 프레베르
- 〈사랑이 이끄는 대로〉, 클로드 를루슈 감독
- 「신전에 날이 저문다」, 『내가 원하는 천사』, 허연, 문학과지성사
- 〈유스〉, 파올로 소렌티노 감독
- 『단순한 열정』, 아니 에르노, 문학동네
- 〈사랑가〉, 춘향전 중에서
- 『내가 필요하면 전화해』, 레이먼드 카버, 문학동네
- 「다행한 일들」, 『수학자의 아침』, 김소연, 문학과지성사

II
- 『티티새』, 요시모토 바나나, 민음사
- "세계는 열광 안에서만 잉태된다. 그 밖의 것은 모두 망상이다.", 에밀 시오랑
- 〈좋아해〉, 이시카와 히로시 감독
- 『플라스틱 해체학교』, 니혼바시 요코, 거산
- 〈I will〉, 비틀스
- 「눈을 감고」, 『당신의 이름을 지어다가 며칠은 먹었다』, 박준, 문학동네
- 〈500일의 썸머〉, 마크 웹 감독
- "달빛이 슬쩍/ 휘파람새가 슬쩍/ 날이 밝도다", 고바야시 잇사
- 『상실의 시대』, 무라카미 하루키, 문학사상사
- 『사랑을 주세요』, 츠지 히토나리, 북하우스
- 『잠수종과 나비』, 장 도미니크 보비, 동문선
- 『M 트레인』, 패티 스미스, 마음산책

Ⅲ
- 『죽은 왕녀를 위한 파반느』, 박민규, 예담
- 「빈 집」, 기형도
- 『농담』, 밀란 쿤데라,
- 〈조제, 호랑이 그리고 물고기들〉, 이누도 잇신 감독
- 〈화양연화〉, 왕가위 감독
- 「낮은 목소리」, 장석남
- 「너를 기다리는 동안」, 『게 눈 속의 연꽃』, 황지우, 문학과지성사
- 「청파동을 기억하는가」, 『이 시대의 사랑』, 최승자, 문학과지성사
- 『사랑의 단상』, 롤랑 바르트, 동문선
- 『샐러드 기념일』, 다와라 마치, 새움
- 〈나만 안 되는 연애〉, 볼빨간 사춘기
- 「중독」, 『멍게』, 성윤석, 문학과지성사

Ⅳ
- 『브리다』, 파울로 코엘료, 문학동네
- "결코 다시 올 수 없다는 것이 삶을 그리도 달콤하게 만드는 것이다.", 에밀리 디킨슨
- 『달려라, 토끼』, 존 업다이크, 문학동네
- 『닥터 지바고』, 보리스 파스테르나크, 범우사
- 「올페」, 김종삼
- 「내가 이렇게 외면하고 길을 걷는 것은」, 『고래와 수증기』, 김경주, 문학과지성사
- 「성벽 안에서」, 조르조 바사니, 문학동네
- 〈위크엔드 인 파리〉, 로저 미첼 감독
- 『연인』, 마르그리트 뒤라스, 민음사
- 『사랑이라니, 선영아』, 김연수, 문학동네
- 『슬픈 짐승』, 모니카 마론, 문학동네
- 「그 젊었던 날의 여름밤」, 『못다 한 사랑이 너무 많아서』, 황인숙, 문학과지성사

이 문장이 당신에게 닿기를
사랑보다도 더 사랑한다는 말이 있다면

초판 1쇄 발행 2017년 2월 24일 초판 3쇄 발행 2017년 3월 24일

지은이 최갑수
펴낸이 연준혁

출판1본부 본부장 김은주
출판1분사 분사장 한수미
책임편집 최연진
디자인 강경신

펴낸곳 (주)위즈덤하우스   출판등록 2000년 5월 23일 제13-1071호
주소 경기도 고양시 일산동구 정발산로 43-20 센트럴프라자 6층
전화 031)936-4000   팩스 031)903-3893   홈페이지 www.wisdomhouse.co.kr

값 14,000원
ISBN 978-89-5913-480-9 03810

국립중앙도서관 출판시도서목록(CIP)

사랑보다도 더 사랑한다는 말이 있다면 : 이 문장이 당신에
게 닿기를 / 지은이: 최갑수. ― 고양 : 위즈덤하우스, 2017
  p. ; cm

ISBN 978-89-5913-480-9 03810 : ₩14000

한국 현대 문학[韓國現代文學]

818-KDC6
895.785-DDC23   CIP2017003325